모든것을 소중히하라

After 'Guernica' (1937) — Beirut, Cana, Tyr (2006)

존 버거, 〈게르니카(1937) 이후—베이루트, 카나, 티르(2006)〉.
이스라엘의 레바논 폭격과 침공이 있었던 2006년 여름에 그림.

JOHN BERGER
HOLD EVERYTHING DEAR

모든것을 소중히하라
생존과 저항에 관한 긴급 보고서

존 버거 / 김우룡 옮김

열화당

Dear Korean Readers

I send you a book of dispatches. The dispatches are mostly about urgent conflicts, injustices, lies told to us, new forms of dictatorship, taking place today. It's a book about what is happening now and this is how it has mostly been read in Europe. But it is also a book in fierce defence of the dead we respect and of the struggles of those dead when alive. I think (and hope) that you, as readers, may be aware of this, perhaps more aware of it, than readers elsewhere. Recently I saw a film by your great director Kim Ki-duk, who knows a lot about ghosts. Ghosts protect us as well as haunt us. Or, to put it more simply: they (mostly) haunt the powerful and protect the brave and the powerless. With respect for ghosts, and in solidarity with the living who resist the global tyrannies that worship only Profit and encourage only Greed, I send you this slim book.

Feb. 2008

John Berger

한국의 독자들께

지금 저는 몇 편의 보고서로 이루어진 책 한 권을 여러분에게 보냅니다. 저의 보고서는 긴급하게 해결되어야 할 갈등, 부정의, 거짓, 새로운 형태의 독재에 관한 것들입니다. 이 책은 바로 지금 우리에게 일어나고 있는 일들에 관한 것인데, 거의가 유럽의 관점에서 본 것입니다. 아울러, 우리가 소중히 여겼던 죽어 간 사람들과 그들의 생전 투쟁을 절절히 지켜내기 위한 책이기도 합니다. 이 책을 읽는 한국의 독자들이야말로 다른 어느 나라의 독자들보다 이 점을 더욱 잘 아시리라 생각합니다. 또 그렇기를 희망합니다.

최근 저는 한국의 빼어난 감독 김기덕이 만든 영화 한 편을 보았습니다. 그는 유령에 관해 해박했습니다. 유령은 우리를 보호하기도 하고 정신을 빼앗아 홀리기도 합니다. 좀 덧붙여 말하면, 유령은 권력을 가진 자들을 홀리고, 권력은 없지만 담대한 사람들은 보호합니다. 그런 유령들에게 경의를 표하면서, 오직 이윤만을 경배하고 탐욕만을 부추기는 지구적 전제주의에 저항하는 모든 살아 있는 사람들과 연대하면서, 이 작은 책을 여러분께 보냅니다.

2008년 2월
존 버거

차례

모든 것을 소중히 하라

존 버거를 위하여

오후의 벽돌이 여행의 장밋빛 열기를 품을 때

장미는 숨 쉴 푸른 공간을 싹 틔우고
바람처럼 꽃 피울 때

듬성한 자작나무들이 트럭 안의 급한 마음들에게
바람의 은빛 얘기를 속삭일 때

울타리 나뭇잎들이 한순간 잃어버렸다고 생각하던
빛을 간직할 때

그녀의 손목 맥박이 공중을 맴도는 굴뚝새의 가슴처럼 고동칠 때

대지의 합창단이 하늘에서 자신들의 눈을 발견하고
밀밀한 어둠 속에 서로의 눈을 뜨게 할 때

모든 것을 소중히 하라

아침을 가로질러 나는 새들의 서예
도끼를 쥔 백만의 손, 대지의 부드러운 손
한발 앞의 시간
부족들의 부러진 이와 그들의 오랜 터전
　　　　　　　　　　　　　　　　초원 널리 흩어져 또 함께
남겨진 작은 진흙으로 빚은 손잡이, 물병의 유령 같은 흔적
흙을 통해 우리를 향해 다가오는

제공된 무기의 맹세, 우리의 통상적 발걸음인 종이 한 장
끈으로 묶인
손바닥의 지도
　　　　　　　　하지만 횃불로 주어진

모든 것을 소중히 하라

우리를 향한 그들의 통로들에 우리는 얼마나 열려 있는지

왕궁을 와해하나 탐구의 노래를 깃들게 하는 한 포기 풀의 정의

나날로 채워져, 사랑하는 것이 되기 위해 가라앉으며,
물결에게 이름을 붙이는 배, 이 삶의 물병

나무가 늘 씨앗으로 알고 있었던 한 형상으로
자라 가는 기억

단어들
빵

문 저 너머의 진리에 손을 뻗는 아이

다시 함께하기 시작하는 열망
세계의 공간 속에 통곡하는 동물들

방 안의 사람들 거리의 사람들 사람들

모든 것을 소중히 하라

2005년 5월 19일
개리스 에번스(Gareth Evans)

지금 우리가 바라는 것

(2006년 4월)

세상은 변하고 있다. 정보는 변질된 채 유통되고 있으며, 정보 변조의 테크닉은 날로 발전하고 있다. 오늘날 사람들에게는, 원래 살던 곳을 떠나 이리저리 유랑하는 것이 기본 생존수단이 되었고 또한 세계적인 추세가 되었다. 역사상 가장 처참한 인종 학살을 경험한 민족이 세운 나라가 파시즘을 행한다. 각국 정부들은 정치적 영향력을 줄였으며 세계의 신경제질서에 예속되는 속국의 모습으로 자신들의 역할을 축소시켜 왔다. 미래에의 변화를 약속하던, 지난 삼백 년간의 정치적인 어휘들이 쓰레기통으로 던져지고 있다. 요컨대, 한편에서는 경제적인 독재가, 그리고 다른 한편에서는 군사적인 독재가 오늘의 세계를 휩쓸고 있다.

동시에, 이런 독재에 저항하는 새로운 수단들이 꾸준히 그 모습을 드러내고 있다. 이제 저항은 누군가의 지시에 따르기보다는 자립적으로 일어나고 있다. 저항은 계속 늘어나고 있고, 저항세력을 지휘하던 종래의 중앙집권화한 권위는 자발적인 협력으로 대체되고 있다. 장기적인 프로그램에 의한 연대는 그때그때의 개별적 쟁점을 해결하기 위한 긴급 연대로 대체되고 있다. 바야흐로 시민사

회는 정치적 저항의 게릴라식 전략을 배우고, 구사하기 시작했다.

오늘날, 정의에 대한 욕구는 아주 다양한 방면에 걸쳐 있다. 따라서 부정의에 대한, 생존과 자존을 위한, 그리고 인권을 위한 투쟁은, 눈앞의 요구사항이나 조직만을 고려하거나 또 그것이 가져올 역사적 결과물만을 생각해서는 결코 안 된다. 그 투쟁들은 '운동'의 차원으로 축소될 수 없다. 운동이란, 한 무리의 사람들이 하나의 목표를 향해, 그것이 성취되든 못 되든 집단적으로 움직여 나가는 것을 말한다. 그러나 그 '운동'이란 단어 속에서 고려되지 않거나 무시되고 있는 것은, 엄격히 말해 그 운동 자체보다는 덜 중요하긴 하지만, 그럼에도 그것에서 비롯된 그 헤아릴 수 없는 개인적인 것들, 이를테면 개개인이 맞게 되는 선택, 만남, 각성, 희생, 새로운 욕망, 슬픔 들이며 그런 후 이윽고 남게 되는 기억들이다.

운동은 먼 미래에 쟁취될 승리를 약속한다. 반면, 사소한 순간들에 이루어지는 소박한 행동은 그때그때의 성취를 약속한다. 삶을 고무하면서, 때로는 삶의 비극적인 면을 들추면서, 자유를 향한 경험이 구체적으로 행동화하는 때가 바로 그 순간들이다. (행동화하지 않는 자유란 존재하지 않는다.) 그런 순간들은 인간의 통상적 이해를 뛰어넘어 초월적이며 —공식적인 역사적 '결과물'은 결코 이렇게 될 수 없다—, 스피노자가 이름한 영원성을 지니고 있으며, 또 그 순간들은 저 광대한 우주의 별들만큼이나 아주 다양하다.

모든 욕망이 다 자유로 이어지지는 않는다. 하지만 자유란 하나의 욕망이 인정받고 선택되고 추구되는 과정과 경험에 다름 아니다. 욕망의 목표는 대상에 대한 소유가 결코 아니다. 욕망의 목표는 대상의 변화다. 욕망은 바라는 것이다. 바로 지금 바라는 것이다. 그 바람에의 성취가 모두 자유로 이어지는 것은 아니지만, 자유는 그 바람이 지고(至高)함을 확인해 준다.

하느님은 지금 가난한 자의 곁에 계신다.

절망의 일곱 켜

(2001년 11월)

오늘날 논란이 되고 있는 문제에 대해 그저 한 사람의 얘기꾼의 입장에서 몇 마디 덧붙이고 싶다.

어떤 국가가 유일 초강대국이 되면, 군사정보를 장기적 관점에서 전략적으로 보는 일에 소홀해진다. 전략적 사고를 하려면 스스로를 적의 입장에 두고 상상력을 발휘해야 한다. 그럴 때라야 비로소 적에 대한 예측이나 기습, 위장술의 구사나 포위 작전 등이 가능해진다. 적에 대한 잘못된 해석은 결국 자멸로 이어진다. 제국(帝國)들이 무너지는 것 역시 이런 이유 때문이다.

오늘날의 가장 시급한 질문은, 테러리스트는 과연 왜 생겨나며 그 극단적 형태인 자살 순교자는 도대체 왜 만들어지는 것일까 하는 점이다. (나는 지금 익명의 자원자들에 대해 말하고 있다. 테러 단체의 지도자들은 또 다른 얘기다.) 간단히 말해, 테러리스트는 절망 때문에 만들어진다. 보다 정확히 말하면, 테러는 어떤 초월의 길이자, 스스로의 목숨을 바쳐 절망을 온전히 이해하는 길이라 할 수 있다.

순교자는 그런 초월을 통해 커다란 승리감을 맛본다. 그러므로,

자살이라는 단어는 어느 면에서는 적절치 않다. 무엇에 대한 승리일까. 자신이 미워하도록 예정된 사람들에 대한 승리일까. 그렇지는 않은 것 같다. 절망의 어떤 켜에서 비롯된 수동성과 비통함, 그리고 어리석음에 대한 승리를 말한다.

　제일세계(First World)의 사람들이 그런 절망을 상상하기란 쉽지 않다. 그들이 상대적으로 부유하기 때문이 아니다.(부 또한 스스로 절망을 만들어낸다) 제일세계 사람들의 경우, 끊임없이 산만해서 주의가 분산되고 있기 때문이다. 여기서 내가 언급하는 절망은, 사람들로 하여금 외곬의 선택을 할 수밖에 없게 만드는 고통의 조건들과 닿아 있다. 이를테면 수십 년간 난민캠프에 수용되어 있는 것과 같은 상태를 말한다.

　이런 절망은 무엇으로 이루어질까. 자신의 삶 그리고 자신과 가까운 사람들의 삶에 아무런 가치도 없다는 느낌. 여러 다양한 켜들에서 이런 것이 느껴지다가, 이윽고 그 느낌은 삶 전체가 되어버린다. 이렇게 되면 전체주의에서처럼 의문이 용납되지 않는다.

또 하루를 살아남기 위해
부스러기를 찾아 헤매야 하는
매일의 아침.

눈을 뜨면
이 합법의 황야 어디에서도
생존의 권리를 찾을 수 없다는 깨달음.

해가 가고 달이 가도
나아지는 것 없이

더욱 나빠지기만 하는 삶의 경험.
아무것도 바꿀 수 없는,
아무리 진력해도
또 다른 궁지에 닿기만 하는,
굴욕.

지켜지지 않은 채 끊임없이
피해 가기만 하는,
셀 수 없이 많은 약속에의 경청.

조각조각 산산이 깨지면서 보여주던
저항자들의 본보기.

드러나려 애쓰는 순수를
영원히 눌러 두기에 충분한
우리 스스로의
그 숱한 몸들, 무게들.

　한 주일의 하루하루를 채우는 일곱 켜의 절망이다. 세상을 지금
처럼 만들어 온 힘에 맞서 스스로의 목숨을 바치는 것이야말로 절
망을 지니고 사는 그 일부 사람들보다 훨씬 많은 **전체** 인류에게 탄
원하는 유일한 방법이라는 계시로, 보다 대담한 자들을 이끌어 주
는 절망이다.
　이런 절망을 마음속에 그려 볼 수 없는 정치 지도자들, 그들이
입안한 어떤 종류의 전략도 결국에는 실패할 것이다. 그리하여 더
욱 많은 적을 만들어낼 것이다.

정복되지 않은 절망

(2005년 12월)

나는 왜 여태 죽지 않고 살아 있을까. 어디선가 죽음이 품귀 현상을 빚고 있기 때문임을 이제 말하려 한다. 쓴웃음이 나온다. 이런 웃음은 어떤 평상적인 것에 대한 바람, 정상적 삶에 대한 열망과는 거리가 있다.

팔레스타인에 가 본 사람은 자신이 건물 잔해 한가운데를 걷고 있음을 알게 된다. 어디든, 심지어 시골에서마저도, 조심스레 그 잔해를 통과하거나 둘러 가야 한다. 검문소에도, 이제는 더 이상 트럭을 댈 수 없는 비닐하우스에도, 거리 곳곳에도, 또 어떤 만남의 장소를 가더라도 부스러기가 지천이다.

잔해란 건물의 파편, 도로의 파편, 일상의 파편들이다. 점령군의 불도저에 정기적으로 철거된 건물들이 없는 팔레스타인 마을은 거의 찾아볼 수 없듯이, 지난 오십 년간 강제이주당하지 않은 팔레스타인 가족은 거의 없을 것이다.

말에도 이런 잔해가 있다. 아무런 뜻을 갖지 못하는 말의 잔해, 그 의미가 파괴되어 버린 말의 파편을 말한다. 잘 알려진 고약한 예가 바로 이스라엘군의 공식 명칭인 '이스라엘 방위군(IDF)'이

17

란 말로, 실상 이스라엘군은 방위군이 아니라 정복군이다. 용기있고 영감 넘치는 이스라엘의 병역 거부자 세르지오 야니(Sergio Yahni)의 말처럼, "이 군대는 이스라엘 시민의 안전을 보장하기 위해 있는 것이 아니라, 팔레스타인 땅에 대한 도적질을 지속적으로 보장받기 위해 존재한다."

사려 깊고 절제된 말 역시 무시당하면서 잔해로 존재하기도 한다. 유엔 결의문과 헤이그 국제사법재판소의 판결문은, 팔레스타인 영토 내 이스라엘 정착촌 건설(현재 거의 오십만 명에 달하는 '정착민'이 있다)과 높이 팔 미터에 달하는 콘크리트 '격리 장벽' 조성을 불법으로 규정했다. 그럼에도 불구하고 점거와 장벽 쌓기는 종식되지 않고 있다. 팔레스타인에 대한 이스라엘 방위군의 통제는 시간이 흐를수록 오히려 강화되고 있다. 통제는 지리, 경제, 시민, 군사, 모든 분야에 걸쳐 이뤄지고 있다.

이런 사실은 너무도 명명백백하게 드러나 있다. 전쟁으로 폐쇄되고 숨겨진, 지구상의 어느 먼 곳에서 일어나는 일이 아니다. 모든 부자 나라의 모든 대사관들이 눈 뜨고 번히 보고 있지만 어느 한 나라, 어느 한 사람도 이런 불법행위를 중지시키려 하지 않는다. 어느 검문소에서였다. 한 팔레스타인 여인의 등 뒤에서 이스라엘 병사 하나가 최루탄을 쏘아 올렸다. 여인은 장갑차 쪽으로 고개를 주억거리며 말한다. "우리에게, 우리에게는 저 이스라엘군의 포탄보다 서방세계의 침묵이 더 나쁩니다."

선언적 원칙과 현실 정치 사이의 간극은 역사를 통해 늘 있어 왔다. 공식적인 발언과 선언들은 과장으로 점철되곤 한다. 그러나 이곳 팔레스타인에서는 반대 현상이 일어나고 있다. 말의 크기가 실제 사건의 크기보다 훨씬 작은 것이다. 여기서 실제 사건이란,

한 민족과 그 민족에게 약속된 국가에 대한 교묘한 파괴행위이다. 그러나, 이런 파괴행위에도 말은 오히려 잦아들고 애매한 침묵만이 드리워져 있다.

팔레스타인 사람들에게는 그 의미가 바래지 않은 단어가 꼭 하나 있다. '대재앙'이란 뜻의 '나크바(Nakbah)'라는 말이 그것이다. 1948년 칠십만 명의 팔레스타인 사람들이 강제이주된 것을 이르는 단어다. "우리의 나라는 말로 이뤄진 나라다. 말하라. 말하라. 돌멩이 하나에서 길을 찾게 하라." 시인 마흐무드 다르위시(Mahmoud Darwish)는 이렇게 쓰고 있다. 나크바는 이후의 네 세대가 공유하는 단어가 되었다. 이 단어가 의미하는 '인종 청소' 작전의 존재를 이스라엘이나 서방세계가 계속 부정해 온 바로 그 이유 때문에, 이 단어는 지금도 여전히 살아남아 인고의 세월을 이어 가고 있다. 이런 맥락에서, 일란 파페(Ilan Pappe)와 같은 정직한 (또한 박해 당하고 있는) 신진 이스라엘 사학자의 용감한 활동은 대단한 중요성을 지닌다. 그런 활동이야말로 앞서 말한 반복적인 부정을 뒤엎고 결국에는 공식적인 인정을 얻어낼 것이기 때문이다. 그리하여 비록 비극적이긴 하나 그 단어가 지닌 참혹한 본뜻을 회복시킬 것이기 때문이다.

여기서는 갖은 잔해들이 일상이다. 말의 잔해를 포함해서.

이 비극이 지닌 지리적 측면이 종종 망각되는 경향이 있지만 지리적인 측면 역시 비극의 일부분이다. 웨스트 뱅크와 가자 지구의 면적은 크레타 섬보다 작다.(원래 팔레스타인 사람들은 선사시대에 이 섬에서 이주해 왔다) 그 땅에 크레타 섬 인구의 여섯 배인 삼백오십만 명이 살고 있다. 그리고 그 면적은 매일매일 줄어들고 있다. 도시는 점점 과밀해지고 시골에는 장벽이 둘러쳐져 접근하기가 점점 어려워진다.

정착촌은 확대되거나 여기저기에 새로운 것들이 생겨난다. 팔레스타인 사람들에게는 통행이 금지된, 정착민들을 위한 새 고속도로 때문에 옛 도로들은 중간에서 끊겨 버린다. 수많은 검문소와 복잡하고 엄격한 신분확인 절차 때문에 팔레스타인 사람들 대부분의 통행 자체가 심하게 제한되고 있으며, 자신들의 구역 안에서조차 통행할 엄두를 못 내고 있다. 어떤 방향으로든 이십 킬로미터 이상은 갈 수가 없다.

격리 장벽이 둘러쳐져 모서리 땅들을 잘라먹는다.(장벽이 완성되면 전체 팔레스타인 땅의 십 퍼센트가 잠식당하게 된다) 장벽은 땅을 조각내고 팔레스타인 사람들을 팔레스타인 땅에서 분리시킨다. 마치 크레타 섬을 십여 개의 작은 섬으로 나누는 것과 같다. 섬에서의 쇠망치가 불도저로 바뀌었다는 것만이 다를 뿐이다.

"저 사막에는 사막 스스로가 있을 뿐, 우리와 관계되는 것은 아무것도 남아 있지 않다." —마흐무드 다르위시

두려움 없는 절망, 체념하지 않는 절망, 패배를 모르는 절망, 이런 절망이 세상에 대처하는 방식과 세상을 보는 태도가 여기서 만들어지고 있다. 그 이전의 어느 곳에서도 볼 수 없었던 모습으로 드러나고 있다. 이슬람 성전(聖戰)에 합류한 청년으로, 옛일을 회상하면서 성긴 잇새로 몇 마디 낮게 우물거리는 노파로, 절망 속에 약속을 감추면서 미소짓고 있는 열한 살 소녀로… 세상을 향한 그 태도는 표현된다.

태도, 이른바 그런 태도는 대체 어떤 식일까.

한번 들어 보라.

난민촌 골목 한구석에 남자아이 셋이 쪼그려 앉아 구슬치기를 하고 있다. 이곳에 있는 난민들 대부분은 원래 하이파에 살던 사람들이었다. 미동도 없이 엄지손가락만으로 구슬을 튕겨내는 손재주는 그들이 살아가는 이 좁은 공간에 익숙해졌음과 무관하지 않다.

호텔 복도보다 더 좁은 그 골목을 삼 미터쯤 내려오면 중고 자전거 가게가 있다. 세 개의 걸대에는 각각 핸들과 뒷바퀴, 그리고 안장들이 가지런히 걸려 있다. 가지런히 정리되어 있지 않다면 판매용으로는 생각할 수 없을 폐품들이다. 하지만 그 상태 그대로, 파는 물건들임에 틀림없다.

그 가게의 맞은편, 철문이 달려 있는 낮은 건물의 벽에는 "난민촌의 자궁으로부터 매일매일 하나씩 혁명이 태어나고 있다"라는 글이 씌어 있다. 그 철문 안 두 칸의 방에는 한 교사가 그의 누이와 함께 살고 있다. 교사는 욕조 두 개 정도 넓이의 또 다른 한 방의 바닥을 가리켰다. 그 방의 천장과 벽은 무너져 내리고 없었다. 자신이 태어난 방이었다고 말한다.

그가 살고 있는 방으로 다시 가 보자. 교사는 케피예(아랍 남자들이 쓰는 헝겊으로 된 두건―역자)를 쓴 아라파트의 초상 옆에 걸려 있는 금박 틀의 사진 한 장을 가리킨다. 그는 말한다. 젊은 시절의 아버지, 하이파에서 찍은 아버지의 사진입니다! 언젠가 제 동료 하나가 이 사진을 보고 러시아 시인 파스테르나크(Pasternak)를 닮았다고 말하더군요. 당신 생각에는 어떤가요? (내가 보기에도 그랬다.) 심장에 문제가 있었던 그의 아버지는 나크바의 와중에 목숨을 잃었다. 그가 열두 살 나던 해에, 바로 이 방에서 숨을 거둔 것이다.

자전거 부속품 가게의 맞은편, 아이들이 구슬치기를 하던 곳에서 여덟 걸음쯤 떨어진 그 철문 달린 건물의 가장자리에는 재스민한 떨기가 자라나 있는 일 평방미터 정도의 땅이 있다. 십일월이라 겨우 흰 꽃 두 송이만이 피어 있다. 그 뿌리 주위에는 골목길을 오가다 던진 듯한 여남은 개의 플라스틱 물병이 널브러져 있다. 난민촌 주민의 육십 퍼센트가 실업 상태다. 빈민가인 것이다.

누군가 이 빈민가를 벗어나 잔해를 가로질러 좀더 나은 거주지로 옮겨 갈 기회가 생겨도 그런 기회를 포기하고 주저앉아 버리는 경우가 자못 흔하다. 유구한 몸에 붙어 있는 손가락처럼, 그들 모두는 동일 구성원이다. 밖으로 옮겨 가는 것은 하나의 절단 행위이다. 패배를 모르는 절망은 이런 방식으로 스스로를 드러낸다.

들어 보라….

언덕 꼭대기의 계단식 밭에는 올리브나무들이 마치 부스스한 머리처럼 서 있다. 나뭇잎들 밑면의 반짝이는 은빛이 유난하다. 바로 어제 올리브를 땄기 때문이다. 작년 수확은 시원찮았다. 나무들도 지쳤었다. 올해는 그보다 낫다. 둥치를 보건대 족히 삼사백 년은 된 나무들이다. 석회암을 쌓아 올려 만든 저 계단식 밭은 그보다 더 오래되었을 것이다.

서쪽과 남쪽으로 이 킬로미터쯤 떨어진 곳에는 최근에 세워진 두 개의 이스라엘 정착촌이 있다. 질서정연하고 반듯반듯하고 도회적이라서(정착민들은 이스라엘에 있는 일터까지 매일 먼 거리를 통근한다), 감히 뚫고 들어갈 수 없을 듯 보인다. 둘 다 마을이라기보다는, 각각 이백 명 정도의 주민과 그들에게 딸린 무기를 너끈히 수용할 수 있는 거대한 지프가 땅에 서 있는 듯이 보인다. 두 정착촌 모두 불법이다. 언덕 위에 서 있는데, 회교사원의 첨탑 같은 높은 망루가 설치되어 있다. 망루는 주위의 땅을 내려다보며 실질적으로 이런 메시지를 전하고 있다. "손을 머리 위로 들어 올릴 것, 내 명령에 따라 손을 들 것, 그리고 천천히 뒷걸음질할 것."

서쪽 정착촌을 건설하고 거기에 연결되는 도로를 내기 위해 수백 그루의 올리브나무를 베어내야 했다. 이런 작업들은 거의가 실직한 팔레스타인 사람들의 노동으로 이루어진다. 패배를 모르는 절망은 또 이런 식으로 스스로를 드러낸다.

두 정착촌 사이에는 팔레스타인 마을이 있다. 엊그제 올리브를 수확한 가족들이 살고 있는 마을로, 집들이 띄엄띄엄 흩어져 있고 인구는 대략 삼천 명 정도다. 이 마을 남자 스무 명이 지금 이스라엘 감옥에 있는데, 이틀 전에 그 중 한 사람이 풀려났다. 최근 여러 젊은이들이 하마스(HAMAS)에 가입했고, 내년 일월에 있을 선거에서 하마스의 지지율은 더욱 높아질 것이며, 아이들은 죄다 장난감 총을 갖고 논다. 마음속 깊이 간직해 온 약속들이 깨지는 모습에 상심한 할머니들은 아들과 며느리와 조카의 결단에 동의를 표한다. 그러면서 매일 밤을 불안으로 지새운다. 패배를 모르는 절망은 이런 식으로도 드러난다.

삼 년 전, 아라파트가 이스라엘군의 탱크와 대포에 의해, 팔레스타인 자치구의 수도 라말라의 무카타 사령부에 사실상의 포로로 감금되어 있었을 당시, 그곳은 거대한 잔해더미였다. 그가 죽은 지 일 년이 지난 지금, 잔해는 팔레스타인 사람들의 손에 치워졌고 — 몇몇 사람들은 역사적 기념물로 보존해야 한다고도 했지만— 사령부 건물 안뜰은 마치 연병장처럼 황량하다. 그 안뜰 서쪽 한구석에는 아라파트의 무덤임을 알리는 소박한 초석 하나가 자리하고 있다. 그 위를 덮고 있는 지붕이 마치 간이역 플랫폼의 지붕 같다.

철조망의 화관을 이고 탄흔으로 얼룩진 담벼락을 지나 사람들은 그곳에 이른다. 거기서는 어떤 사람이라도 스스로의 길을 발견할 수 있다. 보초 두 명이 초석을 지키고 서 있다. 그들을 제외하면, 한 국가(약속된 국가)의 원수가 영면해 있는 자리임을 알 수 있는 것은 아무것도 없다. 모든 역경을 이겨내고 거기에 자리하고 있음을, 그 초석은 군더더기 없이 선언하고 있다!

해질 무렵 무덤의 발치에 서면 석양의 빛은 침묵의 광휘가 된다. 살아 있는 대재앙. 이것이 아라파트를 부르던 다른 이름이었다. 대중에게서 사랑받는 지도자들이 순수하기만 했던 적이 있었던가. 늘 과오로 가득 차 있지 않았던가. 망설임을 불허하는 너무도 극악한 과오. 이런 과오야말로 사랑받는 지도자가 되는 조건이 아니었던가. 그가 지도자로 있던 동안, 팔레스타인 해방기구 역시 때때로 말을 잔해로 만드는 일에 가담하기도 했다. 하지만 주머니 하나에 돈이 들어가 쌓이듯, 그의 조국이 겪고 있던 일상의 모순은 마치 그의 과오가 하나의 그릇인 양 그 속에 차곡차곡 쌓였다. 그는 그 모순을 수용하면서 그것과 동행했고, 모순은 그의 과오에서 안식처를 발견했다. 고통스런 안식처였다. 그가 자신의 동족으로부터 받은 충성은 순결과 역량 때문이 아니라, 바로 우리 모두가 가지고 있는 것과 마찬가지의 흠결 때문이었다. 패배를 모르는 절망은 이런 모양으로도 작동한다.

북서부에 있는 인구 오만의 도시 칼킬랴는 단 하나의 출입구만 놔둔 채 사방이 십칠 킬로미터의 장벽으로 완전히 둘러싸여 있다. 한때 부산스럽던 간선도로는 황막한 장벽에 의해 끊겨 버렸다. 그 결과, 그렇지 않아도 보잘것없던 이 도시의 경제는 완전히 피폐해졌다. 한 원예업자가 외바퀴 수레에 화초를 싣고 힘겹게 밀고 가고 있다. 다가오는 겨울을 대비한 배달이었다. 장벽이 세워지기 전에는 노동자 열두 명을 고용하던 그는, 이제는 한 사람도 고용하지 못하고 있다.(팔레스타인 사업자의 구십오 퍼센트가 다섯 명 이하의 피고용인을 두고 있다) 도시 밖으로의 판로가 끊겼기 때문에 화초 판매량은 십분의 일로 줄었다. 여느 해와는 달리 홍매동자꽃의 씨를 받지 않고 흩어 버렸다. 이제는 아무 소용이 없는 출입허가증만 그의 커다란 손에 들려 있다.

사람이라곤 아무도 없는 곳을 가로지르는 장벽의 모습을 제대로 그려내 전달하기란 쉽지 않다. 그것은 앞서 말한 잔해와는 정반대의 모습을 하고 있다. 한마디로 위압적인데, 전자지도 위에서 주의 깊게 설계되어 조립식으로 만들어진 이 벽은 선제공격의 의미를 지니고 있다. 장벽의 목적은 팔레스타인 국가가 건설되는 것을 막는 데 있다. 큰 쇠망치의 역할을 기도하고 있는 것이다. 삼 년 전부터 만들어지기 시작했지만, 가미카제식 자살공격은 그리 줄어들고 있지 않다. 누구든 그 거대한 장벽 앞에 서면 자신이 마치 담배꽁초만큼 작아진 느낌을 받는다.(라마단 기간은 예외지만, 대부분의 팔레스타인 사람들은 담배를 많이 피운다) 장벽은 문제 해결의 끝이 아니라, 도무지 문제가 해결될 수 없음을 보여준다.

장벽이 완성되면, 불평등과 차별을 상징하는 육백사십 킬로미터 길이의 무표정한 표상이 될 것이다. 현재 이백십 킬로미터가 완성돼 있다. 자신들의 권익이라 믿는 것을 지키기 위해 최신 군사기술의 완벽한 무기체계(아파치 헬기, 메르카바 탱크, F-16 전투기 등)를 소유한 사람들과, 정의는 물음이 필요치 않은 자명한 것이라는 공유된 믿음과 자신들의 이름 외에는 아무것도 가진 것이 없는 사람들 사이에 존재하는 불평등과 차별이다. 패배를 모르는 절망은 또 이런 식으로 작동한다.

장벽은 앞을 내다보지 못하는 단견에 의한 억압적 논리에 속한다. 그것은 내가 이 글을 쓰고 있는 매일 밤, 가자 지구의 주민들이 겪고 있는 '음속돌파음'에 의한 폭격과 동일한 논리를 따른다고 할 수 있다. 제트전투기들이 낮은 고도를 전속력으로 날며 음속장벽을 깨뜨린다. 그 하늘 아래, 웅크린 채 잠 못 이루며 오직 자신들의 믿음과 함께 밤을 지새우는 사람들의 신경 또한 깨지고 있다. 그리하여 그 억압의 논리는 타당성을 상실한다.

화력에서의 이런 엄청난 우위는 지적인 전략을 약화시킨다. 전략적으로 사고하기 위해서는 자신을 적의 위치에 두고 상상할 수 있어야 하는데, 강한 쪽에서의 생각이 습관화되면 이런 전략적 사고를 할 수 없게 된다.

산에 올라 장벽을 내려다본다. 땅을 둘로 갈라놓으면서 저 남쪽 지평선으로 구불구불 이어져 내려가고 있다. 후투티라는 새를 본 적이 있는가.(후투티의 머리에 난 관모형 깃털과 장벽의 모양이 닮았음을 이르고 있다—역자) 길게 보면 장벽은 임시변통에 불과하다.

이스라엘 감옥에는 팔천 명의 정치범이 수감되어 있고, 그 중 삼백오십 명이 열여덟 살 이하다. 한 번이든 그 이상이든, 감옥에 들어가는 것은 반드시 거쳐야 할 정상적 삶의 한 과정이 되어 있다. 돌팔매질 한 번에 이 년 육 개월 이상의 형이 선고된다.

"감옥은 우리에게 하나의 교육기관입니다. 좀 야릇한 종류의 대학이죠." 안경을 낀 정장 차림의 오십대 남자가 말한다. "우리는 거기서 학습방법을 배웁니다." 오형제 중 막내인 그는 커피 제조기 수입상이다. "우리는 거기서 함께 투쟁하는 법과 서로 분열하지 않는 법을 배웁니다. 지난 사십 년 동안 우리는 우리 스스로의 힘으로, 단식투쟁으로 몇 가지 조건을 개선시켰습니다. 제 경우는 최장 이십 일을 단식했습니다. 그 결과 하루 운동시간을 십오 분 더 얻어낼 수 있었습니다. 장기수들의 감방은 창문을 가려 햇빛을 차단한 경우가 많았습니다. 우리는 빛도 얼마간 되찾았습니다. 하루에 여러 번 받는 신체검사의 횟수 중 한 번을 줄였습니다. 이뿐만 아니라 우리는 읽고, 읽은 것을 토론하고, 외국어를 서로 가르쳤습니다. 또 이스라엘 병사들과 교도관들도 알게 되었습니다. 바깥에서는 총알과 돌멩이의 관계였죠. 하지만 안에서는 다릅니다. 우리가 감옥에 있는 것처럼 그들 역시 감옥에 있는 겁니다. 차이가 있다면, 우리에게는 우리를 감옥에 가게 한 대의에 대한 믿음이 있고 그들에게는 대개 그런 것이 없다는 것뿐입니다. 그들은 생계를 위해 감옥에서 근무합니다. 이런 식으로 사귄 친구가 몇 사람 됩니다."

패배를 모르는 절망은 이런 식으로 드러난다.

예루살렘과 예리코 사이에 있는 유대 사막은 모래가 아니라 사암으로 이루어져 있는데, 그 지형이 깎아지른 듯 험하다. 봄이면 군데군데 야생초가 돋아나, 베두인족이 기르는 염소의 먹이가 된다. 봄이 지나가면 구기자나무만 덤불을 이루고 있다.

이 사막을 가만히 바라보고 있노라면 시선이 자연스레 하늘로 향하는 것을 느낄 수 있다. 성서적(聖書的)인 역사를 떠올리는 것이 아니라 지질학적으로 그렇다는 말이다. 마치 하늘 아래 매달린 해먹 같다. 바람이 불면 그 해먹은 이리저리 흔들린다. 따라서 이런 풍광에서는 땅보다는 하늘 쪽이 더 중요하고 본질적으로 여겨진다. 호저(豪猪)의 가시 하나가 바람에 날려 와 발 앞에 떨어진다. 수많은 예언자들이, 가장 위대한 예언자들도 포함하여, 이 사막에서 미래에의 꿈을 키웠음을 쉽게 짐작할 수 있다.

날이 저물고 있다. 나귀에 올라앉은 베두인족 목동과 개를 따라, 이백여 마리의 염소 떼가 물과 약간의 먹을 것이 있는 오두막을 향해 이리저리 언덕길을 내려오고 있다. 이맘때에는 엉겅퀴나 뿌리줄기 식물들이 시원치 않아 풀만으로는 염소들이 배를 채우지 못한다.

예언자들이나 세상 끝 날에 대한 그들의 예언들은 곤혹감을 느끼게 한다. 그들에게는 어떤 한 행위에 바로 뒤따르는 직접적 결과를 무시하는 경향이 있다. 예언을 성취하기 위한 행위들을 수단으로 여기지 않고 거기에 상징성을 부여한다. 사람들은 예언으로 인해 지금 일어나고 있는 일을 보지 못할 수 있다.

베두인족 가족은 로마 수도교(水道橋)에서 멀지 않은 곳에 있는, 버려진 오두막 두 채에 살고 있었다. 하루 중 이맘때, 어머니는 달군 돌판에 하루치의 빵을, 그 납작한 빵을 구워낸다. 아들 일곱이 여기서 태어났고, 그들은 염소떼를 돌보면서 산다. 최근 이스라엘군으로부터 내년 봄이 오기 전에 이곳을 떠나라는 통보를 받았다. 손을 머리 위로 올리고 물러가라는 명령인 것이다! 암염소들은 모두 새끼를 배고 있다. 임신 기간은 다섯 달이다. 새끼들이 태어날 즈음 떠나면 돼요. 한 아들이 말한다. 패배를 모르는 절망은 이런 식으로 드러난다.

사람들은 어떤 행위에 따른 어김없는 결과를 인정하지 않으려
한다. 장벽을 세우고 그 많은 팔레스타인 사람들을 억류하는 것이
이스라엘의 안전을 보장하지는 못한다는 사실, 더 많은 순교자를
만들 뿐이라는 사실을 인정하지 않으려는 것이 그 한 예다.

또 이런 예도 있다. 자폭 순교자가 죽기 전에 스스로의 눈으로
자신의 자폭이 초래한 결과를 보게 된다면, 확신에 찬 그 결단이
과연 옳은 것인가를 다시 생각할 것임에 틀림없다.

마지막 날에 대해서만 지껄이고 다른 것은 모두 무시해 버리는
그 빌어먹을 예언들이라니!

내가 계속 말하고 있는 이런 절망의 형태에는, 오늘날의 포스트
모더니즘이나 정치적 용어 중에서는 적절한 단어를 찾을 수 없는
어떤 특별한 성격이 있다. '사람은 왜 이 세상에 태어났을까'라는
근본주의적 물음을 무력화시켜 버리는 어떤 동참의 방식이 바로
그것이다.

이 동참 방식은 약속이나 위로, 복수의 맹세 등을 사용하지 않으
면서 그 물음을 무력화하고 또 그 물음에 대답한다. —약속과 위
로, 복수의 맹세 등 수사적인 형식은 이른바 역사를 만들어 온 크
고 작은 지도자들을 위한 것이다.— 역사 따위에는 상관없이 그
물음에 차분하게 대답한다. 간결하면서도 영원한 대답이다. 사람
은 여러 순간들 사이에서 반복적으로 발견되는 어떤 시간을 함께
나누기 위해 이 세상에 태어난다. 그 시간이란 '되어 있음' 이전에
존재하는 '되어 감'의 시간이다. 그런 '되어 감'의 시간은 우리로
하여금 패배를 모르는 절망에 거듭 맞서야만 하는 위험을 무릅쓰
게 한다.

나는 내 사랑을 나직이 말할 테요

(2002년 1월)

금요일.

나짐, 나는 지금 어떤 사람의 죽음을 애도하고 있습니다. 지난 시절 그 많은 희망과 그 많은 슬픔을, 우리는 함께 나누었지요. 이번에도 역시 당신과 함께하고 싶습니다.

> 한밤중에 전보가 왔다,
>
> 단 세 마디:
>
> "그가, 사망, 했음"[1]

내 친구 후안 무노즈(Juan Muñoz)가 어제 스페인의 어느 바닷가에서 세상을 떴습니다. 조각과 설치미술에서 뛰어났던 나이 마흔여덟의 작가였지요.

나를 곤혹스럽게 하는 일에 대해 당신께 묻고 싶습니다. 어떤 사건의 희생자거나, 죽임을 당했거나, 또는 기아로 인한 죽음이 아니라 병사나 자연사인 경우, 오랫동안의 병으로 예상된 때가 아니라면 최초의 충격이 지난 후 걷잡을 수 없는 상실감을 느끼게 됩니다. 특히 젊은 나이에 그렇게 되었을 경우에 말이지요.

　　날이 밝았지만
　　내 방은
　　긴 밤으로 채워져 있네.²

그런 후 고통이 찾아와 내게 말합니다. 고통은 결코 끝이 없을 거라고. 하지만 이런 고통과 함께, 꼭 익살이라고는 할 수 없어도 익살처럼 느껴지는 뭔가가 은밀히 찾아옵니다. (후안은 훌륭한 익살꾼이었지요.) 마치 마술사가 마술 후에 보여주는 손수건의 움직임과도 비슷하고 일종의 경박함으로도 생각되는, 실제 감정과는 완전히 반대되는 어떤 환각작용이지요. 제 말뜻을 아시겠지요? 이런 경박함은 실없음일까요, 아니면 어떤 새로운 가르침일까요?

　당신께 질문을 던진 지 오 분쯤 지난 후에 내 아들 이브가 팩스 한 장을 보내왔습니다. 후안을 기리는 몇 줄의 글이 적혀 있군요.

　　당신은 늘
　　　커다란 웃음과
　　새로운 마술을 갖고 나타났지요.

　　당신은 늘
　　　우리 테이블에
　　손을 놓아두고 사라졌지요.
　　당신은
　　　우리 손에

카드를 쥐어 주고 사라졌지요.

당신은 새로운 웃음과 함께
다시 오겠지요.
마술과도 같은 웃음과 함께.

토요일.

나짐 히크메트(Nazim Hikmet)를 직접 만났었는지는 확실치가 않
다. 만났을 거라고 단언하고 싶지만 그것을 증명할 수 있을 만한
흔적이 남아 있지 않다. 내 생각에는 1954년 런던에서였던 것 같
다. 그가 감옥에서 풀려난 지 사 년이 된 때였고, 영면하기 구 년
전이었다. 그때 그는 레드 라이언 광장에서 열렸던 정치회합에서
연설을 하고 있었다. 말은 몇 마디 하지 않았고 대신 여러 편의 시
를 읽었다. 영어로 된 것과 터키어로 된 것들이었다. 강하면서도
평온한, 아주 음악적이면서 개성적인 목소리였다. 하지만 그 음성
은 목에서 나오는 소리가 아닌 것 같았다. 아니, 그 순간만은 그의
목에서 나오는 소리가 아니었다. 그의 가슴속에 라디오가 한 대
있어, 가늘게 떨리는 그 커다란 손으로 라디오의 스위치를 켰다
껐다 하는 것 같았다. 그의 존재감과 성실성은 너무도 강렬해서
나의 글솜씨로는 도무지 표현하기가 힘들다. 한 장문의 시에서 그
는, 1940년대초 무렵 쇼스타코비치의 교향곡을 라디오로 듣고 있
는 터키인 여섯 명을 그리고 있다. 그 중 셋은 그처럼 감옥에 갇혀
있었다. 생방송이었고, 음악은 수천 킬로미터 떨어진 모스크바에
서 연주되고 있었다. 레드 라이언 광장에서 그가 읽는 시를 들으
면서 나는 그 단어 하나하나가 마치 세상 저편으로부터 오는 듯한

느낌을 받았다. 이해하기 어려웠기 때문이 아니다.(오히려 쉬웠다) 분명치 않거나 조급하게 말해서가 아니었다.(최대한의 참을성을 발휘해 천천히 말하고 있었다) 멀리 떨어져 있는 거리감을 이겨내고, 끝없는 분리 상태를 초극하려는 모습으로 말하고 있었기 때문이었다. 그의 모든 시에 나오는 **여기**라는 말은 또 다른 장소를 의미한다.

> 마차 한 대가—
> 한 마리 말이 끄는 마차 한 대가
> 오래된 유대인 묘지를 지나간다.
> 마차는 또 다른 도시를 한가득 꿈꾸고 있다,
> 나는 마부다.[3]

연설하기 전 연단에 앉아 있는 모습만 보아도, 그가 얼마나 크고 장대한 사람인가를 알 수 있었다. '푸른 눈의 나무'라는 그의 별명은 헛말이 아니었다. 하지만 그의 서 있는 모습을 보면 또 얼마나 날렵한지 알 수 있다. 너무 날렵해서 바람에 날아가 버리지나 않을까 걱정될 정도였다.

어쩌면 나는 그를 결코 보지 못했을지도 모르겠다. 언젠가 국제평화운동이 주최한 집회에 참석한 그를, 날아가 버리지 않도록 줄로 묶어 놓지는 않았던 듯하니 말이다. 하지만 분명히 기억되는 것은 그가 시를 읽자마자 그 단어들이 하늘 높이 떠올랐고 —옥외집회였다—, 그의 몸도 마치 그가 쓴 글을 뒤따르듯, 삼 년 전에 이미 운행을 멈춘 시어발드 거리의 전차가 일으키는 스파크 저 높이, 광장 저 높이 날아올라 사라져 갔다는 사실이다.

당신은 아나톨리아의
　　산골마을,
당신은 가장 아름답고 가장 불행한,
　　나의 도시.
당신은 도움을 청하는 울부짖음 —다름 아닌 나의 조국;
　　당신을 향해 가는 발소리는 나의 것.[4]

월요일 아침.

나의 긴 생애 동안 내가 소중하게 읽었던 동시대 시인들의 시는,
원어로 읽은 것은 거의 없고 대부분이 번역된 것들이었다. 20세기
이전에는 이런 얘기 자체가 불가능했으리라 생각된다. 시가 번역
될 수 있느냐 없느냐 하는 논쟁은 거의 사 세기 동안 계속돼 왔지
만, 사실 그런 논쟁은 마치 실내악처럼, 닫힌 방 안에서의 논쟁에
불과했다. 20세기에 이르러 거의 모든 방들은 부서져 잔해가 되었
다. 새로운 통신수단, 국제정치, 제국주의, 세계시장 등이 헤아릴
수 없이 많은 사람들을 전례 없이 무차별적으로 한데 모으기도 하
고 흩어 버리기도 했다. 그 결과, 시를 찾는 독자층에도 변화가 왔
다. 최고의 시는 더욱 멀리 있는 독자층의 지지를 점점 더 많이 확
보해 갔다.

　　우리의 시는
　　이정표처럼
　　길에 잇대어 길을 가리켜야 한다.[5]

20세기를 거쳐 오는 동안, 많은 시행(詩行)들이 아무런 옷도 걸

치지 않은 채 대륙과 대륙 사이, 시골과 대도시 사이에 길게 잇대어 있었다. 우리 모두 그런 시와 시인들을 안다. 히크메트, 브레히트, 바예호, 요제프 아틸라, 아도니스, 후안 헬만 등의 여러 시인들을….

월요일 오후.
나짐 히크메트의 시를 처음 접했던 때가 내 십대 후반이었다. 영국 공산당의 후원 아래 런던에서 발간되던, 한 알려지지 않은 문학 리뷰 잡지에서였다. 나는 정기구독자였다. 시에 대한 당의 노선은 조악했으나 거기 실리는 시와 단편들 중에는 때때로 영감에 찬 것들이 있었다.

당시는 메이에르홀트(Meyerhold)가 이미 모스크바에서 숙청당한 뒤였다. 왜 하필 지금 마이에르홀트를 언급하느냐고 묻는다면 히크메트가 존경했던 사람이고, 1920년대초 그가 처음 모스크바에 갔을 때 아주 큰 영향을 받았기 때문이라고 말하고 싶다.

"나는 그의 연극 활동에 큰 영향을 받았다. 1925년에 터키로 돌아간 나는 이스탄불의 공장지역에서 최초의 노동자 극단을 만들었다. 이 극단에서 감독으로 또 작가로 일하는 동안, 관객을 위해 관객과 함께 일할 수 있는 새로운 가능성을 열어 준 이가 메이에르홀트였음을 알게 되었다."

1937년이 지나, 메이에르홀트는 그런 새로운 가능성 때문에 자신의 목숨을 희생당해야 했지만, 런던의 잡지 독자들은 그 사실조차 모르고 있었다.

처음 히크메트의 시를 발견했을 때 나를 놀라게 한 것은 그 시들이 지니고 있는 공간이었다. 그의 시는 이전까지 내가 읽었던 어떤 시보다도 광활한 공간을 가지고 있었다. 정작 공간에 대한 묘사는 전혀 없었지만, 시들은 공간을 넘나들었고 산맥을 가로질렀다. 그의 시는 또한 행동에 관해 노래했다. 의혹과 고독, 여윔과 슬픔을 말했지만, 이런 감정들은 행동의 대체물이 아니라 행동에 부수되는 것으로 그려지고 있다. 공간과 행동은 서로 분리할 수 없다. 그 공간과 행동의 완전한 대극점에 자리하는 것이 감옥이다. 히크메트가 한 사람의 정치범으로서 전 작품의 반을 썼던 곳이 바로 터키의 감옥이었다.

수요일.
나짐, 지금 이 글을 쓰고 있는 테이블에 대해 말하고 싶습니다. 보스포루스 해협의 얄리(터키의 민박형 숙소―역자) 마당에서 흔히 볼 수 있는 정원용 흰 금속 테이블입니다. 지금 이 테이블은 파리 교외 남서부에 위치한 작은 집의, 지붕 달린 베란다에 놓여 있습니다. 1938년, 장인과 숙련공 및 기술자들을 위해 이 지역에 지어진 집들 중 하나입니다. 1938년이라면 당신이 감옥에 있을 때입니다. 그 시절 당신의 침상 위쪽에 박힌 못엔 시계가 하나 걸려 있었지요. 바로 위층 감방에서는 강도 세 명이 쇠사슬에 묶인 채 사형 집행을 기다리고 있었고요.

테이블 위에는 늘 많은 종이가 널려 있습니다. 매일 아침 커피를 입에 대면서 그 종이들을 순서대로 다시 정리합니다. 일과 중 첫 일입니다. 내 오른쪽에는 화분이 하나 놓여 있습니다. 아마 당신 역시 이 화분이 마음에 꼭 들 것입니다. 잎은 아주 짙은 색을 띠고 있습니다. 잎의 밑면은 짙은 자주색입니다. 햇빛이 비친 윗면은 짙은 갈색으로 보이고요. 석 장의 잎이 모여 있는 구조인데, 잎 모양이 마치 밤나비와 같고 크기 역시 비슷해서 마치 같은 꽃에서 꿀을 빨고 있는 형상입니다. 정작 그 작디작은 핑크빛 꽃은 초등학교 어린아이들이 노래를 배울 때의 목소리처럼 순결합니다. 커다란 클로버의 한 종류입니다. 폴란드에서 왔는데 거기서는 코니치나(Koniczyna)라 부른다고 합니다. 한 친구의 어머니가 정원에서 키우던 것을 주셨는데, 그분은 우크라이나 국경 부근에 살고 계십니다. 너무도 매력적인 푸른 눈의 이 부인은 이 정원을 지날 때나 집안을 거닐 때, 마치 할머니가 손자들의 머리를 쓰다듬듯이 정원의 화초들을 쓰다듬어 주십니다.

> 내 사랑, 나의 장미,
> 폴란드 평원을 가로지르는 나의 여행은 시작되었어요:
> 나는 즐거움과 경이에 가득 찬 소년
> 자신의 첫 그림책을 바라보고 있는
> 소년
> 사람
>   동물
>   식물
>   사물이 그려진.[6]

얘기를 풀어 가다 보면, 앞얘기에 뒷얘기가 자연스레 따라붙습니다. 어떤 순서가 꼭 맞는지는 정하기가 어렵습니다. 해 보고 고치기가 일쑤지요. 때로는 여러 번 그렇게 합니다. 가위와 스카치 테이프가 테이블 위에 놓여 있는 것은 바로 그 때문입니다. 테이프는 그걸 쉽게 자를 수 있게 만들어진 기구 안에 장착되어 있지 않습니다. 그래서 가위로 잘라야만 합니다. 테이프 끝을 찾아서 벗겨내는 일은 쉽지가 않습니다. 끝을 찾는 내 마음은 참을성이 없고, 손톱으로 벗겨내는 일은 성가십니다. 결국 한쪽 끝을 테이블 가장자리에 붙여 테이프가 바닥에 닿을 때까지 늘어뜨립니다. 테이프는 거기 매달려 있습니다.

베란다에서 나와 옆에 딸린 방에서 얘기를 하거나 밥을 먹기도 하고 신문을 읽을 때가 있습니다. 며칠 전, 그 방에 앉아 있는데 무언가 움직이는 것이 내 눈길을 끌었습니다. 가느다란 수직의 물줄기가 내가 앉는 베란다 의자 옆 바닥으로 반짝이면서 떨어져 내리는 것이었습니다. 알프스를 흘러내리는 강물도 처음에는 이런 작은 물줄기에서 시작됩니다.

창으로 바람이 불어와, 테이블에 매달린 둥근 테이프가 흔들립니다. 이 작은 테이프 하나가 때로는 산을 움직일 수도 있습니다.

목요일 저녁.

십 년 전, 나는 이스탄불 하이다르파샤 역 부근의 한 건물 앞에 서 있었다. 건물 안에서는 용의자 몇 사람이 경찰의 조사를 받고 있었다. 정치범들은 때론 몇 주씩 그 건물 꼭대기층에 구금되어 가혹하게 취조받았다. 히크메트는 1938년에 그곳에서 취조를 받았다.

원래 감옥이 아니라 거대 요새처럼 만들어진 행정용 건물로, 벽돌과 침묵으로 만들어진 난공불락의 모습을 보여주고 있었다. 이런 식의 건물은 불길하면서도 때론 신경질적인, 어떤 임시방편적인 분위기를 주위에 드리운다. 예를 들어 히크메트가 십 년 동안 갇혀 있었던 부르사의 감옥은 그 별명이 '돌 비행기'였는데, 건물

38

배치가 너무 들쭉날쭉했기 때문이었다. 그런 일반적인 경향과는 대조적으로, 이스탄불의 역에서 내가 바라보던 그 근엄하고 침침한 요새는 침묵에 대한 기념비처럼 확신과 적요의 분위기를 띠고 있었다.

여기에 누가 있는지, 또 무슨 일이 일어나고 있는지는 결국에는 모두 잊히고 기록에서 지워져 —이 건물에 대한 보도는 통제 하에 이루어진다—, 유럽과 아시아 사이에 난 깊은 틈에 묻히고 말 것이다.

그의 시가 지닌 독특하고 피할 수 없는 전략에 대해 무언가를 이해한 것은 그때였다. 그 전략이란 스스로가 처해 있는 유폐 상태를 끊임없이 뛰어넘어야 한다는 것이었다. 모든 수인(囚人)들은 통쾌한 탈출을 꿈꾼다. 언제나처럼 그렇다. 하지만 히크메트의 시는 그렇지 않았다. 그의 시는 노래를 시작하기 전부터, 감옥을 세계지도 위의 자그마한 점으로만 자리시킨다.

가장 아름다운 바다는
아직 건너지 못했어요.
가장 아름다운 아이는
아직 자라지 않았어요.
가장 아름다운 날들은
아직 나타나지 않았어요.
그리고 내가 당신에게 해주고 싶은 가장 아름다운 말은
아직 말하지 못했어요.

그들은 우리를 수인(囚人)으로 삼지요.

우리를 가두어 둡니다:
　　　나는 벽 안에,
　　　　　당신은 벽 밖에.
하지만 그런 것은 아무것도 아닙니다.
가장 나쁜 일이 있다면
사람들이 ―알든 모르든―
자기 안에 감옥을 지니고 다닌다는 것입니다….
대부분의 사람들이 이것을 강요받아 왔지요.

당신을 향한 내 사랑 같은, 그런 사랑을 받을 만한
정직하고 열심히 일하는 그 착한 사람들이.[7]

　그의 시는 마치 기하학에서 쓰는 컴퍼스처럼 한 끝을 감옥 안의 작은 방에 둔 채, 때로는 내밀하고 작은 원을, 때로는 넓고도 세계적인 원을 그려낸다.

금요일 아침.
언젠가 마드리드의 한 호텔에서 후안 무노즈를 만나기로 되어 있었지요. 그는 약속 시간보다 늦었습니다. 후안은, 밤에 일을 할 때는 마치 차 밑에 들어간 자동차 수리공이 시간을 잊어버린 것처럼 일에 몰두합니다. 마침내 그가 도착하자, 나는 차 밑에 등을 깔고 누우니 좋더냐고, 그래서 이리 늦었냐고 놀려댔지요. 나중에 그는 농담조의 팩스 한 장을 보내왔어요. 지금 그 내용을 나짐 당신에게 들려주고 싶어요. 왜 이런 생각이 들었는지는 모르겠습니다. 왜라는 것은 나와는 상관없는 말 같아요. 다만 세상을 떠난 당신

40

들 두 사람 사이에서 편지를 전하는 우편배달부가 된 심정입니다.

"내 소개를 하고자 합니다. 나는 스페인의 수리공이랍니다. 대부분의 시간을 차 밑에 들어가 바닥에 등을 깔고 지냅니다. (차만 고칩니다. 오토바이는 사절입니다.) 하지만 때때로 예술작품을 만들기도 ─이게 중요한 일입니다만─ 합니다. 내가 예술가라는 말은 아닙니다. 그건 아니에요. 다만 기름투성이의 차 밑에 기어 들어 가는 이런 정신없는 짓은 이제 그만두고, 예술계의 키스 리처즈(Keith Richards, 영국의 록 그룹 롤링스톤즈의 기타리스트─역자)가 되고 싶다는 말입니다. 만약 이런 것이 희망사항에 불과하다면, 사제들처럼 하루에 반 시간만, 그것도 포도주와 함께 일하고 싶습니다.

지금 이렇게 쓰는 것은 내 친구 둘(한 명은 포르투에, 다른 한 명은 로테르담에 살고 있는데)이 당신과 나를 초대했음을 알리기 위해서입니다. 포르투 구시가지에 있는 보이맨 자동차 박물관 지하와 다른 몇몇 지하(이곳들에선 알코올이 좀더 진했으면 하는데)로 우리를 부른다는군요.

그 친구들은 무언가 풍경 같은 것도 말했는데, 글쎄 저는 잘 모르겠어요. 풍경이라! 아마도 차를 몰면서 여기저기 바라보는 것을 말하는 것이겠지요….

어이쿠, 미안합니다. 또 손님이 와서 줄여야 할 것 같네요. 와우! 멋진 트라이엄프 스핏파이어(고급 경주용 자동차의 하나─역자)입니다!"

말없는 조각상들에 둘러싸여 홀로 지내던 스튜디오, 그 안을 메아리치는 후안의 웃음소리가 내 귀에 들려옵니다.

금요일 저녁.

20세기에 씌어진 많은 위대한 시들은, 그 시를 쓴 시인이 남자든 여자든 간에, 이제까지의 모든 시들 중 가장 형제애적인 시라는 생각이 때때로 든다. 그러므로 그 시들은 정치적 슬로건과는 아무런 관계가 없다. 형제애는 몰정치적이었던 릴케에게, 반동적이었던 보르헤스에게, 한평생 공산주의자였던 히크메트에게 모두 적용된다. 우리 세기는 전례가 없던 대량학살의 세기였다. 하지만 그 세기가 꿈꾸던 (때론 그것을 위해 싸우기도 했던) 미래는 형제애의 이름을 요청하고 있었다. 그런 요청은 앞선 세기에서는 거의 찾아볼 수 없었다.

> 디노(Dino), 이 사람들은,
> 낡아 해진 빛의 넝마를 쥐고 있는 이 사람들은,
> 디노, 이 어둠 속에서
> 대체 어디로 가고 있는 걸까요?
> 디노, 당신과 나 또한,
> 그들과 함께 가고 있어요:
> 디노 우리 역시
> 푸른 하늘 한 귀퉁이를 이미 보아 버린걸요.[8]

토요일.

나짐, 아마 이번에도 당신을 못 보고 있을지 모릅니다. 하지만 나는 보고 있다고 마음속으로 다짐하려 합니다. 당신은 지금 베란다에서, 테이블을 사이에 두고 나와 마주 앉아 있습니다. 머리 모양과 그 머리 안에서 습관적으로 일어나는 생각이 어떻게 연관되는

지 생각해 본 적이 있는지요?

계산에 얼마나 빠른지를 가차없이 느끼게 해주는 그런 머리들이 있습니다. 낡은 생각들을 의심 없이 추구하는 머리들도 있습니다. 오늘날, 많은 사람들은 지속적인 상실에 대해 잘 인식하지 못하고 있음을 은연중에 드러냅니다. 당신의 머리는 —그 머리의 크기와 가늘게 뜬 푸른 눈은— 제각기 다른 하늘을 이고 있는 여러 세계들의 공존을, 하나의 세계 안의 또 다른 세계를, 세계의 내면을 암시합니다. 무섭지 않은 평온한 공존입니다. 하지만 가끔 복잡하기는 합니다.

나는 당신에게 오늘 우리가 살아가는 이 시대에 대해 묻고 싶습니다. 여태껏 당신이 역사 속에서 일어나고 있다고 믿었던, 혹은 일어나야 한다고 믿었던 일들 중 많은 것들이 단지 환상이었음이 드러나고 있습니다. 당신이 그렸던 형태의 사회주의는 지금 어디에서도 찾아볼 수 없습니다. 기업 자본주의는 아무런 방해도 받지 않고 전진하고 있고 —끊임없는 경쟁 속에 있긴 하지만—, 그런 가운데 세계무역센터 건물은 무너져 내렸습니다. 날로 비좁아지는 세계는 해마다 가난해지고 있습니다. 당신이 디노와 함께 보았던 그 푸른 하늘은 지금 어디 있나요?

나짐은 말한다.

그래요, 그 희망들은 넝마가 되어 버렸지요. 하지만 그렇다고 실제로 뭐가 달라지나요? 지금 당신이 살고 있는 이 시대에도 지기 말리(Ziggy Marley, 자메이카 출신의 레게 가수—역자)는 여전히 정의를 한 단어로 된 기도라고 외치고 있지 않나요? 전체 역사는, 유예되고 상실되고 또다시 새로워지는 희망에 관한 것입니다. 그런 새 희망들과 함께 새로운 생각의 틀이 생겨납니다. 하지만 용기와 사랑 외에는 거의 가진 것이 없는 사람들, 이 천덕꾸러기가 된 넘쳐나는 사람들에게는 희망이 조금 다르게 작용합니다. 그들에게 희망은 깨물어야 할 것, 이 사이에 넣고 깨물어야 할 그 어떤 것이 됩니다. 이 사실을 명심하기 바랍니다. 현실주의자가 되기 바랍니다. 이 사이에 깨문 그 희망 때문에, 끝없는 피로 한가운데서도 일을 수행할 수 있는 힘이 생겨납니다. 그 희망 때문에, 적절치 못한 순간에 외침을 참을 수 있는 힘이 생겨납니다. 그 희망 때문에, 다른 무엇보다도, 악을 쓰면서 울부짖지 않을 수 있는 힘이 생겨납니다. 이 사이에 희망을 물고 있는 사람은, 형제든 자매든, 존경받을 만합니다. 희망을 갖지 못한 사람들은 외톨이로 살아가도록 저주받은 이들입니다. 그들이 제공할 수 있는 것이라곤 동정밖에 없습니다. 이 사이에 깨문 이 희망들이 넝마인지 새것인지는 중요치 않습니다. 밤을 이겨내고 살아남아 새로운 날을 꿈꾸기만 한다면 말입니다. 커피 좀 있나요?

잠깐만 기다리세요. 내가 말한다.

베란다에서 나와 부엌에서 커피 두 잔을 만들었다. 터키 식 커피로. 돌아와 보니 당신은 이미 떠나고 없다. 스카치테이프가 매달려 있는 테이블 모서리에 시집이 한 권 놓여 있다. 나는 그 책을 펼쳐 그가 1962년에 쓴 시를 읽어내려갔다.

내가 만일 플라타너스라면 그 그늘에 들어가 쉴 테요
내가 만일 책이라면 잠 없는 밤, 지침 없이 읽을 테요
내가 만일 연필이라면
손가락 사이에서 나른히 있지만은 않을 테요
내가 만일 문이라면

44

선인에겐 열어 주고 악인에겐 닫아걸 테요
내가 만일 창이라면, 커튼이 달려 있지 않은 드넓은 창이라면
온 도시 전체를 내 방으로 불러들일 테요
내가 만일 하나의 단어라면
아름다움을 공정함을 진실함을 요청할 테요
내가 만일 말이라면
나는 내 사랑을 나직이 말할 테요.[9]

지금 우리는 어디에 있는가

(2002년 10월)

우리 시대 세계의 고통에 대해 무어라도 조금 말해야겠다. 바야흐로 최강자의 자리를 차지한 소비주의 이데올로기는, 우리 시대의 고통쯤은 하나의 우발적인 사고일 뿐이며 충분히 보상할 수 있을 정도라고 회유하고 있다. 이런 생각이야말로 소비주의 이데올로기의 비정함을 떠받치는 논리적 바탕이다.

사람들은 삶의 고통을 흔한 것으로, 또 당연히 있을 수밖에 없는 것으로 여긴다. 그리하여 가급적 고통을 잊으려 하고 상대화하려 한다. 고통이 있기 전의 낙원과 그 낙원에서의 타락이라는 신화, 그리고 그 신화의 모든 변종들은 이 지상의 고통을 상대화하려는 시도들일 뿐이다. 처벌로서의 고통의 왕국인 저 지옥이라는 개념 역시 이런 이유로 생겨났고 대속(代贖)이라는 개념의 발견 역시 그렇다. 그리고 오랜 시간이 흐른 뒤, 아주 나중에야 구원의 개념이 생겨났다. 고통은 왜 존재하는가라는 질문으로 철학이 시작되었다고 말할 수도 있다.

이 모든 것을 고려하더라도, 지금의 인류가 겪고 있는 고통은 어느 면에서 보면 전대미문의 것이다.

지금 이 글을 쓰고 있는 때는 낮이다. 2002년 시월초 어느 날의 낮이다. 하지만 어두운 밤이다. 근 일 주일 동안 파리의 하늘은 청명했다. 하루하루 일몰 시간이 빨라졌고 매일매일은 찬란한 아름다움이었다. 하지만 많은 사람들이 두려움을 느끼고 있다. 미국 석유 기업들로 하여금 더 많은 석유를 더 안전하게 확보하게 하려고 미국이 이라크에서 일으키려는 '예방적' 전쟁이 오래지 않아 시작될 것이기 때문이다. 전쟁을 피할 수 있을 것이라 관측하는 사람들도 있다. 발표된 여러 결정사항들과 비밀스런 계산 사이에서 모든 것이 불분명한 상태로 남아 있다. 거짓말로 위장하면서 미사일은 그 날아갈 길을 준비하고 있기 때문이다. 나는 부끄러운 밤의 한가운데서 이 글을 쓴다.

내가 말하는 부끄러움이란 개인적인 죄책감을 뜻하는 것이 아니다. 나도 지금 이해하는 중이지만, 이 부끄러움은 하나의 집단적 감정으로, 마침내 희망의 능력을 갉아먹고 우리로 하여금 먼 앞날을 내다보지 못하게 하는 그런 감정이다. 다만 바로 다음에 이어질 몇몇 발걸음만을 생각하면서 우리는 우리 발치를 내려다보고만 있다.

세계 모든 사람들은 —제각기 아주 다른 경우에 놓여 있는— 스스로 이렇게 묻는다. 지금 우리는 어디에 있는가. 지리적인 질문이 아니다. 역사적인 질문이다. 지금 우리는 어떤 재난을 통과하면서 살아남았는가. 어느 지점에서 붙잡혀 있는가. 우리가 잃어버린 것은 무엇인가. 미래에 대한 타당성있는 예측이 부재한 상태에서 어떤 식으로 계속 살아갈 것인가. 이 삶이 끝난 뒤 무엇이 올 것인가에 대해 어떠한 견해도 없이 살아가는 이유는 무엇인가.

이런 물음들에 대해 돈 많고 유복한 전문가들은 대답한다. 그 답은 다름 아닌 세계화라고. 포스트모더니즘이라고. 통신 혁명이라고. 경제자유주의라고. 정곡을 피하면서 같은 말을 반복하고 있다. 대체 우리가 있는 곳은 어디냐고 묻는 성난 물음에 대해 그 전문가들은 말한다. 아무 데도 없는 곳이 바로 그곳이라고!

역사상 전혀 있어 본 적이 없는 극심한 전제적 혼돈 —가장 광범위하게 퍼져 있으므로— 속에 살고 있음을 인정하고, 또 그렇다고 언명하는 것이 낫지 않을까. 그 전제주의의 본모습을 파악하는 일은 쉽지 않다. 왜냐하면, 아주 긴밀히 결합되어 있으면서도 느슨하게 널리 퍼져 있고, 독재적이지만 익명이며, 모든 곳에서 찾아볼 수 있지만 어떤 곳에도 없는 권력구조(이백여 개의 대규모 다국적 기업에서부터 미 국방성에 이르는)를 지니고 있기 때문이다. 해외로부터 오는 절대권력이다. 단순히 회계법에만 국한되는 것이 아니라 모든 정치적인 컨트롤이 자국 바깥으로부터 온다. 전 세계의 지역성을 허물어 버리려는 목표를 지니고서. 그것의 이데올로기적 전략은 —이에 비하면 빈 라덴의 것은 하나의 동화에 불과한데— 존재하는 것의 밑바닥을 파 들어가서 모든 것을 가상의 어떤 상태로 붕괴시키는 것이다. 바로 그 가상의 영역에서 영원히 끝이 없는 한 이익의 원천이 생겨난다는 것이고, 또한 이런 논리야말로 이 절대권력의 강령이기도 하다. 도대체가 어리석기 짝이 없는 소리다. 아둔한 전제권력들이다. 이 전략이야말로 지상의 모든 단계의 모든 생명을 파괴하고 있다.

이데올로기만을 떼어 놓고 말하면, 그 힘은 두 가지 위협에 기초하고 있다. 그 첫째는 하늘로부터의 개입에 의한 것으로, 지구상에서 가장 중무장된 국가에 의해 이루어지고 있다. B-52 폭격기에 의한 위협이라고도 할 수 있을 것이다. 두번째는 무자비한 채무와 파산에 의한 위협인데, 그에 따라 현재의 세계 생산구조에서 야기될 기아 상태에 의한 위협이기도 하다. 이것은 무화(無化)의 위협이라고 부를 수도 있을 것이다.

부끄러운 마음이 든 사람들은 그 전제권력에 이의(우리 모두가 그 필요성을 인정하게 마련이지만, 무력감에서 파기해 버리는)를 제기하고 논쟁을 벌인다. 비교적 단순하고 현실적인 몇몇 결정들만 내린다면 오늘날 우리가 겪고 있는 재난의 많은 부분을 개선하거나 피할 수 있다는 등의 얘기다. 그런 얘기를 하면서 만남을 가지는 일 분 일 분 동안에도, 가난한 사람들의 격심한 고통은 끊이지 않고 계속되고 있다.

하루에 고작 이 달러도 안 되는 치료를 받지 못해 뭇 사람들이 죽어 가야만 하는가. 지난 칠월 세계보건기구의 책임자가 던진 질문이었다. 앞으로 다가올 십팔 년 동안 육천팔백만 명의 사람이 죽게 될, 아프리카 등지의 후천성면역결핍증에 대해 하고 있는 말이다. 나는 지금 우리 시대 삶의 고통에 대해 말하고 있다.

지금 일어나고 있는 현상에 대한 분석과 예측은 여러 개별 영역에서 연구되고 또 제시되고 있다. 경제학과 정치학, 매체학, 공중보건학, 생태학, 범죄학, 국방 분야, 교육 분야 등이다. 모두가 타당하게 들린다. 현실에서 이런 개개의 분리된 영역들은 삶이 어떻게 이루어지는가의 실제적 바탕을 밝혀내기 위해 서로서로 결합한다. 각각의 범주에서 확인되는 개개의 분리된 오류들에 의해 고통받는 것처럼 보이지만, 실제의 삶은 동시적으로 또 **분리 불가능하게** 그 모든 오류들에 의해 고통받는 것이다.

바로 지금 일어나고 있는 예를 하나 들어 보자. 지난주 셰르부르로 도망쳐 간 쿠르드족 사람들은 프랑스 정부로부터 망명 지위를 인정받지 못하고 터키로 송환될 처지에 놓여 있다. 그들은 가난하고, 정치적으로 핍박받고, 땅도 없고, 지치고 피곤한 상태이며, 불법 입국자이자 법적 후견인도 없는 상태다. 그들은 이 모든 고통스런 일들을 한꺼번에 맞닥뜨리고 있다.

실제로 일어나는 상황을 제대로 파악하기 위해서는, 제도적으로 분리시켜 놓은 여러 '영역' 들을 한데 묶어서 볼 수 있는, 영역 제휴적 시각이 필수적이다. 그리고 그런 시각은 반드시 정치적(이 말의 원래의 뜻으로)이기 마련이다. 이러한 정치적 사고를 지구적 단위로 하기 위해서는, 현재 일어나고 있는 불필요한 고통들을 통합적으로 보는 일이 그 전제조건이 된다.

*

나는 지금 밤에 쓰고 있다. 하지만 저 전제권력만을 보고 있는 것은 아니다. 만약 그것만 눈에 보인다면 글을 계속 써 나갈 용기조차 가질 수 없을 것이다. 나는 바그다드와 시카고에 있는 여러 사람들을 본다. 잠자고 있는 사람들, 잠에서 깨어나는 사람들, 일어나서 물을 마시는 사람들, 그날의 계획과 그날의 두려움에 대해 속삭이고 있는 사람들, 사랑하고 있는 사람들, 기도하는 사람들, 가족들이 잠들어 있는 사이 무언가 음식을 만들고 있는 사람들, 이 모든 사람들을 본다. (미국의 묵인 아래 사담 후세인에 의해 사천 명의 동족이 독가스로 죽임을 당했는데도 불구하고 영원히 정복되지 않을 쿠르드족 역시 나는 본다.) 나는 본다, 밀가루 과자를 굽고 있는 테헤란의 조리사를. 나는 본다, 산적으로 오인받으면서도 자신의 양들 사이에서 잠을 자는 사르데냐의 목동을. 나는 본다, 맥주 한 병을 옆에 놓고 잠옷 바람으로 하이데거를 읽고 있는 베를린 프리드리히샤인 구역의 어느 남자를. 그의 손은 노동자의 그것이다. 나는 본다, 알리칸테 부근의 스페인 해안 밖에 머물고 있는 밀입국자들의 작은 배를. 나는 본다, 아이를 흔들며 재우고 있는 말리의 한 어머니를. 그녀의 이름은 금요일에 태어났다는 뜻의 아야(Aya)다. 나는 본다, 카불의 폐허를. 집으로 돌아가는 한 남자를. 그리고 나는 안다, 살아남은 자들의 독창력은 그 모든 고통에도 불구하고 줄어들지 않았음을. 쓰레기더미에서 새 기운을 찾아내고 그 힘을 모으는 독창력이 결코 감퇴되지 않았음을. 그리고 나는 안다, 그 끊이지 않는 독창력의 재기(才氣) 속에 하나의 영적인 존재가 자리하고 있음을. 마치 성령과 같은 어떤 영적인 존재가 있음을. 나는 이 밤에 이렇게 확신한다. 그 확신의 근거야 댈 수가 없지만.

*

드보르작이 「신세계 교향곡」을 작곡한 것은 지금으로부터 약 한 세기 전쯤이었다. 뉴욕 국립음악원의 감독으로 있을 때였는데, 이 곡으로부터 얻은 영감에 의해 십팔 개월 후 역시 뉴욕에서 그의 탁월한 작품인 「첼로 협주곡」이 세상에 나왔다. 그 교향곡에는 드보르작의 고향 보헤미아의 지평선과 그 휘도는 언덕들이 신세계의 약속들로 연결되고 있다. 그 약속은 과장되거나 허황하지 않고, 웅장하면서도 끊임이 없다. 힘없는 사람들의 열망에 상응하기 때문이고, 무지한 사람들이라고 잘못 치부되던 사람들의 갈망에 부합하기 때문이며, 1787년의 미국 헌법이 대상으로 하고 있는 사람들의 동경에 합치하기 때문이다.

세대와 세대를 이어 이민을 통해 미국 시민이 된 사람들, 그들을 고무시킨 신념을(드보르작은 농부의 아들이었고 그의 아버지는 그가 도축업자가 되길 원했다) 이토록 직접적으로, 또 이토록 강하게 표현한 예술작품을 나는 이제껏 보지 못했다.

드보르작에게 그 신념들의 힘은 지배받는 사람들(지배자들과는 분명히 구분되는)에게서 늘 쉽게 발견되는 어떤 부드러움과, 또 생명에 대한 경외와 분리될 수 없는 것이었다. 1893년 12월 16일 카네기홀에서의 초연 당시, 이 「신세계 교향곡」은 이런 정신 속에서 감상되고 받아들여졌다.

미국 작곡가들로부터 미국 음악의 미래에 대한 질문을 받았을 때, 드보르작은 인디언과 흑인들의 음악에 귀기울일 것을 주문한다. 이 「신세계 교향곡」은 신구 세계를 나누는 국경과는 무관한 어떤 희망을 표현했다. 역설적이게도 신세계가 오히려 고향이 되어 사람들을 환영하고 있다. 유토피아적인 역설이다.

오늘, 그런 희망을 고무하던 바로 그 나라의 권력은 광적이고 (자본의 힘을 제외한 모든 것을 통제하려 하는), 무지하며(자신들의 화력만을 인정하려 하는), 위선적이고(내 편과 네 편으로 갈라 모든 도덕적 판단에 이중의 잣대를 들이대는), 비정한, 한 무리의 B-52 폭격기 음모가들의 손에 들어가 있다.

어떻게 이런 일이 일어나게 되었을까. 부시와 머독, 체니와 크리스톨, 럼스펠드 등은 지금의 자리에 어떻게 올랐는가. 뭔가 딱 부러지는 하나의 답이 나올 수 없으므로 이것은 차라리 수사학적인 질문이다. 또한 그들의 힘을 약화시킬 어떤 답도 없을 것이기에 질문하는 것 자체가 무용하다. 하지만 이런 캄캄한 밤에 이런 질문을 던진다는 것 자체가 지금 어떤 엄청난 일이 일어나고 있는가를 드러내 주기는 한다. 우리는 지금 세상의 고통에 대해 말하고 있다.

새롭게 거론되고 있는 전제주의적 담론을 거부해야 한다. 거기서는 오류투성이의 용어들이 쓰이고 있다. 제발 끝났으면 싶은, 그 끝없이 반복되는 연설, 발표문, 언론 회견과 위협에서 쓰이는 용어들이란 민주주의, 정의, 인권, 테러리즘 등이다. 저들의 맥락에서 그 용어들은 그 말들이 한때 지시했던 뜻과는 완전히 반대의 뜻을 가리키고 있다.

민주주의라는 것은 의사 결정을 위해 제시된 한 방편이다.(실행되는 일은 드물지만) 선거운동과는 별 연관성이 없다. 민주주의는 지배받는 사람과의 협의를 거친 후에 그 협의에 따라 정치적 결정이 내려짐을 약속한다. 그러기 위해서는, 지배받는 사람들에게 쟁점에 대한 정보가 제대로 제공되어야 하고, 또 정책 결정자들에게는 자신들이 들은 것에 주의를 기울이고 숙고할 수 있는 능력과 의지가 있어야 한다. 민주주의는 양자택일의 '자유'와 혼동되어서는 안 되며, 여론조사 공표 행위나 사람들을 통계수치로 몰아가는 행위와 혼동되어서도 안 된다. 그것들은 민주주의를 빙자한 사기 행위다.

오늘날, 전 지구를 점점 더 괴롭히면서 불필요한 고통을 계속 유발하는 근원적인 결정들이 어떤 개방적인 협의나 참여도 없이 일방적으로 내려져 왔고, 또 지금도 내려지고 있다.

군사 및 경제 전략가들은 당면한 적을 격파하는 것보다는 앞으로 다가올 반란과 저항, 이탈 등을 사전에 무력화하고 방지하는 데에 매체(media)가 결정적인 역할을 하고 있음을 이제 깨닫고 있다. 어떤 전제권력이든, 매체의 자의적 조작의 정도가 그 권력이 느끼는 불안의 크기를 알 수 있는 척도가 된다. 오늘의 이 전제권력은 절망과 자포자기 속에 놓인 세계를 두려워하면서 살아가고 있다. 그 두려움이 너무 커서, 절망의 형용사형인 '절박한(desperate)'이라는 단어—위험하다는 뜻으로 쓰는 경우는 제외하고—는 결코 쓰지 않는다.

돈이 없는 매일의 삶은 고통만을 요구할 뿐이다.

*

이 전제권력에 대한 이의제기와 항의는 그 모든 형태가 다 타당하다. 그것과의 대화란 불가능하다. 제대로 살고 제대로 죽기 위해서는, 사물에 대한 제대로 된 이름 붙이기가 선행되어야 한다. 우리의 말을 회복시키자.

이 글은 밤에 쓴 것이다. 전쟁 중이라면, 밤은 그 누구의 편에도 서지 않는다. 사랑하고 있다면, 그 밤은 우리 모두가 함께임을 확인해 준다.

반테러 전쟁인가, 테러 전쟁인가

(2002년 6월)

2001년 9월 11일, 텔레비전 화면을 보고 있던 나의 머릿속에 1945년 8월 6일이 즉각 떠올랐다. 유럽에 살던 우리들은 히로시마에 떨어진 폭탄 소식을 그날 저녁 시간에 들을 수 있었다.

두 사건의 경우, 서로 곧바로 대응되는 유사점들이 있다. 두 번 모두 맑은 하늘에서 아무런 경고 없이 불덩어리가 떨어져 내렸다. 시민들이 일터로 향해 가던 아침 시간에, 가게들이 문을 열던 시간에, 아이들이 학교에서 수업을 준비하던 시간에 맞추어서. 모든 것이 재가 되고 사람들이 공중 높이 날려 조각조각 흩어진 것도 비슷했다. 역사상 최초로 사용된 신무기들—육십 년 전의 원자탄과 지난 가을의 민간 여객기—이 불러일으킨 불신과 혼돈 역시 유사했다. 그 무기들의 낙하지점에는 모든 사람들과 사물 위에 두꺼운 먼지구름이 피어올랐다.

두 사건이 지닌 맥락과 스케일의 차이는 물론 엄청나다. 맨해튼의 경우, 방사능 먼지는 없었다. 또 1945년의 경우, 미국은 일본과 삼 년여의 전면전을 치르고 있던 중이었다. 하지만 둘 다 일종의 공표성 메시지로 계획되고 행해진 것들이었다.

55

둘 모두에서 사람들은 세상이 더 이상 그 이전과 같을 수 없음을 알게 되었다. 모든 살아 있는 것들에게 유산으로 상속되고 있는 세상 모든 곳의 위험들은, 그 청명한 날 아침을 기점으로 전혀 다른 모습으로 바뀌고 말았다.

히로시마와 나가사키에 떨어진 원자탄은 그때 이후로 미국이 지구상의 유일 초강대국일 것임을 공표했다. 이에 반해, 구일일 테러는 그 강대국이 더 이상 자국 내에서의 안전을 보장받지 못한다는 사실을 공표한 것이다. 두 사건은 어떤 한 역사적 기간의 시작과 끝을 나타낸다.

구일일에 대한 부시 대통령의 즉각적인 응답인 이른바 '테러와의 전쟁'은 처음에는 '무한정의(無限正義)'라는 이름으로 미화되었고, 이어서 '지속적 자유'라는 이름으로 다시 불렸다. 내가 보았던바 이 응답에 대한 가장 통렬하고 명쾌한 비판과 분석은 미국 시민들에 의해 작성되어 발표된 것이었다. 지금의 워싱턴 정책 결정자들을 강고하게 반대하는 우리를 '반미주의자'라고 고발하는 것을 들어 보면, 그 고발 역시 지금 문제되고 있는 저들의 정책이 그런 것처럼, 근시안적 시각을 지니고 있음을 알 수 있다. 우리와 연대의식을 가지고 있는 반미주의적 미국 시민들은 헤아릴 수 없이 많다.

또한 지금의 정책을 지지하는 미국 시민들 역시 많다. 거기에는 지성인 예순 명도 포함되어 있는데, 그들은 '도덕적으로 정당한 전쟁' 일반에 대해 정의하고, 아프가니스탄에서의 '지속적 자유' 작전과 앞으로 계속될 반테러 전쟁이 왜 정당한지를 밝히는 성명서에 서명을 한 사람들이다.

그들은 악에 대항해 죄 없는 사람들을 지키는 것이 목적이 될 때, 그 전쟁은 도덕적으로 정당하다고 주장한다. 그들은 성 아우구스티누스를 인용한다. 그런 전쟁에서는 비전투원의 보호받을 권리가 최대한도로 존중되어야 한다고 말한다.

그들의 글을 순수하게 읽는다면(물론 그 글이 자발적으로, 또는 순수하게 씌어진 것도 아니지만) 다음과 같은 광경이 떠오른다. 학식은 있지만 잘 알려지지 않은 전문가들이 풍부한 문헌과 도서가 갖춰진 곳에서(아마 회합 중간중간에 수영도 가능한), 그들이 아직 확신하지 못하고 주저하고 있던 어떤 관점에 대해 긴 시간 숙고하고 토론하면서 마침내 하나의 합의에 이르고 발표문을 작성한다. 인내심있는 회합이다. 또한 회합이 이루어지는 장소에 대한 다음과 같은 모습도 상상된다. 헬리콥터로만 접근이 가능한 육성급(六星級) 비밀 호텔 안의 한 장소로, 넓은 부지 안의 그 호텔은 높은 벽과 수많은 경비병, 또 여러 초소들에 둘러싸여 있다. 그 이른바 사상가들은 일반 시민들과 어떤 실제적인 접촉도 할 수 없다. 어떤 만남도 가질 수 없다. 따라서 역사에서 실제로 어떤 일이 일어났고 오늘 그 호텔 담장 너머에서 무슨 일이 일어나고 있는지를, 격리되어 있는 그들로서는 알 수가 없다. '고립된 호화판 관광 윤리학'인 것이다.

1945년 여름으로 돌아가자. 일본의 대도시 예순여섯 군데가 네이팜탄에 불타 내려앉았다. 도쿄에서는 백만 명이 집을 잃었고 십만 명이 목숨을 잃었다. 소이탄 폭격 작전 책임자였던 커티스 르메이 소장에 의하면 그들은 "불에 그슬리고 삶기고 구워졌다." 프랭클린 루스벨트 대통령의 아들이자 그의 최측근이었던 사람은

"일본 인구의 반이 죽을 때까지" 폭격은 계속되어야 한다고 말하기도 했다. 7월 18일, 일본 황제는 루스벨트의 후임인 트루먼 대통령에게 평화를 요청하는 전보를 다시 한번 보내지만 무시당한다.

히로시마 폭격 며칠 전, 해군 중장 래드포드는 "일본은 마침내 도시 없는 나라가 될 것이고 유목민의 나라가 될 것"이라고 자랑스럽게 말했다.

도시 한복판의 어느 병원 상공에서 터진 폭탄으로 순식간에 십만 명이 죽었다. 그 중 구십오 퍼센트가 민간인이었다. 또 다른 십만 명이 화상과 방사능 피폭으로 서서히 죽어 갔다.

트루먼 대통령은 "열여섯 시간 전, 일본의 중요 군사기지 중의 하나인 히로시마에 미국 비행기가 폭탄 하나를 투하했다"고 발표했다.

한 달 후, 오스트레일리아의 용감한 기자 윌프레드 버치트는 그 도시의 임시병원 한 곳을 방문하여 목격한 가공할 재난을, 비검열 기사로 최초 보도한다.

원자탄 제조 계획인 맨해튼 프로젝트의 책임자 그로브스 장군은 황급한 의회보고를 통해, 방사능 피폭이 '과도한 고통'을 유발하지는 않으며 "실제로는 아주 편하게 죽는 방법의 하나로 알고 있다"고 안심시킨다.

1946년, 미국 전략폭격조사단은 "원자탄이 투하되지 않았더라도 일본은 항복하게 되어 있었다"는 결론에 이르게 된다.

*

지금 내가 하고 있는 것처럼 간략하게 일련의 사건들을 기술하다 보면, 당연히 과도한 단순화의 우를 범할 수 있다. 맨해튼 프로젝트는 히틀러가 승승장구하던 1942년에 시작되었고, 당시에는 독일 연구자들이 원자탄을 먼저 제조할 위험도 있었다. 이런 위험이 사라진 시기에 일본에 두 발의 원자탄을 투하하기로 한 결정은, 일본군이 동남아시아에서 저지른 만행과 1941년 십이월의 진주만 기습공격이라는 아주 위중한 사실들에 영향받았음을 고려할 필요가 있다. 맨해튼 프로젝트에 참여했던 고위 장교와 과학자 중에는 트루먼의 운명적인 결정을 연기시키려고, 또 포기시키려고 최선을 다한 사람들도 있었다.

모든 말과 모든 행위가 끝난 뒤에 마침내 얻어낸, 8월 14일의 일본의 무조건 항복은 오랫동안 바라던 그런 승리가 아니었다. 그 승리의 한가운데에는 극심한 고통이 있었고 사람의 눈을 멀게 하는 맹목이 있었다.

두려움을 생각해 본다

(2003년 4월)

"우리가 성공하지 못하는 것은 실패하리라는 우려 때문이다."
— 조지 부시

바그다드가 함락되었다. 도시는 그 도시에 자유를 가져다 준 군대에 의해 점령당했다. 병원들마다 화상을 입고 팔다리가 잘린 시민들의 울음으로 가득했다. 대부분이 어린아이인 그 부상자들은 모두 해방군이 발사한 포탄과 폭탄, 컴퓨터 조종 미사일의 희생자들이었다. 사담 후세인의 조각상들은 끌어내려졌다. 그러는 사이, 미 국방성의 기자회견에서 럼스펠드는 다음 해방의 목표는 시리아가 될 수 있다고 말했다.

이른 아침, 화가인 한 친구로부터 이메일 한 통을 받았다. "도대체 요즘 세상 돌아가는 모습을 보고 있기가 힘들어요. 생각해 보는 것은 더욱 그렇고요." 우리 모두는 온 가슴으로 항의하고 부르짖는다. 하지만 한번 함께 생각해 보자.

눈에 익은 산을 바라보는 순간들, 다시 반복되지 않는 그런 순간들이 있다. 어떤 빛의 조건, 특정한 온도, 풍향, 계절 들이 그 순간을 규정한다. 일곱 생을 거듭하여 살더라도 그 한순간과 꼭같은 산은 다시 볼 수 없다. 아침을 먹다가 식탁 너머로 문득 눈을 들어 바라보는 순간의 그 유일무이한 모습만이 있는 것이다. 산은 늘 같은 곳에 가만히 자리하고 있지만, 그리고 영원히 꼼짝도 하지 않는 듯 보이지만, 그 산에 눈 익은 사람에게 그런 특정한 순간의 모습은 다시 되풀이되지 않는다. 그 순간은 여느 때와는 다른 시간의 척도를 가지게 된다.

이라크에서 계속되고 있는 전쟁에서, 그 매일매일의 낮과 밤은 그 슬픔과 저항, 어리석음에서 순간순간 다른 모습을 띠고 있다. 하지만 그 전쟁이 시작되기 전부터 세계의 거의 모든 사람들이 자국의 이기심을 감춘 전례가 없는 냉소적 공격이라고 믿고 있던 전쟁인 한, 이 전쟁의 모든 순간은 동일하다. 세계 최대의 석유 매장지에 대한 통제권을 확보하기 위해, 또 앞으로 다가올 전쟁에서의 계약을 염두에 둔 무기 제조업자들이 미 국방성에 무상으로 제공한 전자폭탄과 무자비한 파괴를 야기하는 무기들을 시험하기 위해 수행되는 전쟁이다. 하지만 다른 어떤 의도보다 더 근원적인 의도가 있다면, 이 전쟁을 통해, 파편화해 있고 또 한편으로는 세계화해 있는 이 행성에 '충격과 두려움'이 무엇인지를 보여주고자 하는 것이다.

좀더 노골적으로 표현해 보자. 유엔의 명백한 반대를 무릅쓰고 시작한 이 전쟁의 주목적은, 미국의 국익에 협력하기를 지속적으로 거부하는 어떤 국가, 어떤 국민, 어떤 지도자라도 응분의 대가를 치르게 된다는 사실을 드러내 보여주려는 것이다. 그런 시위가 절실히 필요하다는 내용의 제안서와 비망록 등이 부시의 취임 전에, 또 2001년 9월 11일 테러 공격 이전에, 이미 미국 기업과 작전 기획부서 등에서 논의되고 있었다.

여기서 '미국의 국익'이란 용어는 혼동을 초래할 수 있다. 이 말이 가리키는 것은 가난한 사람과 부자를 막론한 미국 시민들 자체의 이익이 아니다. 미국 자본에 지배되고 필요할 경우 그 군사력의 보호를 받는, 아주 광범위하게 퍼져 있는 다국적 기업의 이익을 가리키는 것이다.

럼스펠드, 체니, 라이스, 월포위츠, 펄과 그들 측근 그룹은 구일일 이래 무력의 위협적 전개에 대한 합법성과 궁극적 효율성에 대한 모든 논의를 효과적으로 차단해 왔다. 세계무역센터 공격에 의해 촉발된 두려움을 이용하여, 그들은 자신들이 일방적으로 결정하여 이름 붙인 모든 목표물에 대한 선제공격에 찬성하도록 매체와 여론을 유도했다. 결과적으로 세계시장은 성조기를 직조해내는 방향으로 회전하는 중이며, 이익의 창출(그럴 능력이 있는 소수를 위한)만이 양도할 수 없는 유일한 권리가 되어 가고 있다.

극작가 피터 유스티노프(Peter Ustinov)는 "테러는 빈자의 전쟁이고, 전쟁은 부자의 테러다"라는 간결하고 명료한 말로 지금의 세상을 표현하고 있다.

이라크가 여전히 대량살상무기를 보유하고 있다는 주장이 소위 침략의 정당성으로 강변되고 있지만, 전쟁 당사자들간의 화력의 불균형이 이토록 격심했던 전쟁은 역사상 찾아보기 어렵다. 비접촉 전쟁(가상의 꿈일 뿐이지만)이라는 이론을 만들어낸 이십사시간 감시위성, B-52 폭격기, 토마호크 미사일, 집속폭탄, 열화우

라늄탄, 컴퓨터 유도의 여러 무기들이 한편에 있다. 또 다른 한편
에는 모래주머니, 젊은 시절 썼던 구식 권총을 꺼내 휘두르는 노
인, 찢어진 셔츠와 운동화를 착용하고 겨우 몇 정의 칼라슈니코프
소총으로 무장한, 한 줌도 안 되는 페다이(Fedayeen, 아랍 무장 게
릴라 조직의 하나—역자)가 있다. 재래식으로 무장한 공화국 수비
대의 태반은 전쟁 첫 주의 폭격으로 그 존재 자체가 유명무실해졌
다. 이라크군과 연합군의 희생자 수를 비교해 본다면 '사막의 폭
풍'이란 이름의 전쟁 때와 마찬가지로 거의 천 대 일이 될 것이다.

바그다드는 지상군에 공격 명령이 떨어진 지 닷새 만에 함락되
었다. 당연한 수순으로 행해진, 독재자의 꼴불견 조각상들의 철거
도 앞에서 언급한 전쟁 자체와 같은 양상으로 이루어졌다. 해방된
시민들이 가지고 있었던 것은 기껏 망치뿐이었고, 옆에서 그들을
돕는 미군은 탱크와 불도저를 갖고 있었다.

전광석화와도 같은 작전 속도는 유약하고 길들여진 뭇 기자들
로 하여금 —용기있는 기자들은 그렇지 않았지만— 이 전쟁이 저
들의 약속대로 해방을 위한 전쟁임을 확신시켰다! 거봐, 정당한
전쟁이라고 했잖아! 같은 시간, 지난 십이 년간의 무역 금지 조처
로 극심한 빈궁에 시달렸던 바그다드의 가난한 시민들은 빈 공공
건물들을 약탈하기 시작했다. 대혼란이 시작된 것이다.

*

다시 산으로 돌아가 보자. 거기서는 또 다른 시간의 척도가 있
다. 그 자리로부터 한번 바라보자. 역사상 유례가 없을 정도로 우
월한 무기를 지닌 승자, 승리할 수밖에 없었던 승자는 자주 깜짝
깜짝 놀라는 기색을 보인다. 골치 아픈 나라로, 또 실제 모래폭풍

이 부는 사막으로 파견된, 가스마스크를 쓴 해병대만이 아니다. 멀리 떨어진 저 아늑한 미 국방성의 대변인들 역시 그러하고, 어느 소재 미상의 장소에서 음모하듯이 의견을 주고받거나 텔레비전에 모습을 나타내는 연합국 지도자들 역시 다른 누구보다 더 그러하다. 모두들 겁난 듯 놀라 한다.

개전 초기의 여러 실수들—자국군의 사격에 죽은 병사들, 지근거리에서의 폭격으로 조각조각 흩어져 버린 민간인들('운송수단 파괴' 작전에서 일어난)—은 신경과민에 의해 빚어진 것으로 알려지고 있다.

공포가 급습하면 어떤 사람이라도 항상 겁에 질린다. 새로운 세계질서를 이끌어 갈 지도자들은 바야흐로 공포와 결혼하게 될 것으로, 또 하급 지휘관과 하사관들은 그런 공포와 유사한 어떤 것을 상부로부터 주입받을 것으로 보인다.

이 결혼은 어떤 식으로 지속될까. 공포와 결혼한 배우자는 스스로에게 또 그들의 하급자에게, 실제 세계를 실제가 아닌 세계로 바꾸기를 희망하는 허울 좋은 말들, 그 절반만의 진실들을 말하는 것에 낮이나 밤이나 불안스럽게 매달린다! 그런 허울 좋은 말들이 대략 여섯 개 정도 모이면 하나의 거짓말이 만들어진다. 결과적으로 그들은 현실과 괴리된 채 공상만을 거듭하는데, 물론 그런 가운데서도 무력 사용은 계속된다. 그런 식으로 가속페달을 밟는 내내, 충격은 지속적으로 흡수되어야만 한다. 과단성이라는 불변의 무기를 사용하여 의문과 회의를 여지없이 차단한다.

공포와 결혼했기 때문에, 죽음을 받아들일 수도, 죽음을 위한 장소를 발견할 수도 없다. 공포가 죽음이 들어오지 못하게 막고 있기 때문에 그들은 망자들에게마저 버림받는다. 이 행성에서 그들만이 따로 떨어져 외롭고, 나머지 사람들은 모두 함께한다. 바로 이런 이유로, 그들이 지닌 군사력을 포함한 모든 사용 가능한 힘을 고려하면 그들이야말로 위험천만한 것이다. 무서울 정도로 위험하다. 또한 같은 이유 때문에 그들은 살아남지 못할 것이다.

개전 이십삼 일째가 되자 혼란은 엄청난 속도로 불어났다. 독재 정권은 붕괴되었고, 사담 후세인은 어디론가 숨어 버려 행방이 묘연했다. 토미 프랭크 장군이 짚어 주는 곳은 어디라도 계속적인 공습의 대상이 되고 있었다. 바그다드를 비롯한 몇몇 해방된 도시들에서는 모든 것이 약탈되고 도둑맞고 해체되었다. 텅 비어 버린 관공서뿐 아니라 가게와 집, 호텔, 심지어는 희망도 없이 연일 밀어닥치는 사지절단 환자와 빈사상태의 환자들로 정신이 없는 병원마저도 그렇게 당했다. 바그다드의 어떤 의사들은 진료를 계속하고 병원 시설을 지키기 위해 스스로 총을 들기도 했다. 그런 와중에 정작 도시를 해방시키고 또 상처를 낸 그 군대는 놀란 표정으로 신경만 곤두세운 채 아무것도 하지 않고 방관하고 있었다.

사담 후세인의 조각상을 호기있게 넘어뜨리려는 시나리오는, 미 국방성에 의해 주의 깊게 준비되어 왔고 예상되어 왔었다. 그런 시나리오에도 절반의 진실은 있다. 하지만 그 도시들에서 일어나고 있는 전체적인 진실은 예상되지 못했다. 럼스펠드 국방장관은 그 대혼란을 그저 '어수선하다'라는 말로 표현했다.

한 전제정권이 그 아래에서 시달림을 받은 사람들에 의해서가 아니라 또 다른 전제정권에 의해 무너졌을 때, 그 결과는 대혼란이 될 위험이 있다. 사람들은 어떠한 사회질서에 대한 희망도 완전히 무너져 버린 것으로 여기고, 저마다 살아남아야 한다는 충동에만 매달리기 때문이다. 그런 후에 약탈은 시작된다. 실상은 이처럼 단순하고 비참하다. 그러나 새롭게 정권을 잡은 전제자는 그런 극단에 처한 사람들이 어떻게 행동할지에 대한 지식을 전혀 갖고 있지 않다. 공포가 그들의 앎을 가로막는다. 그들은 이 행성에서 고립되어 있다. 죽은 자들마저 이미 그들을 저버리고 있다.

돌에 관한 생각

(2003년 6월)

에크발 아메드(Eqbal Ahmed)는 인생을 전체로서 보는 사람이었다. 뛰어난 수완에 잽쌌고, 바보들을 상대로 시간을 낭비하는 경우가 전혀 없었으며, 요리하기를 좋아했고, 기회주의자―인생을 토막토막 자르는 사람을 이르는―와는 반대편에 서 있던 사람이었다. 나는 그의 어린 시절에 대한 글을 한 편 쓴 적이 있다. 인도와 파키스탄이 분리될 즈음 그가 인도 비하르 주에 있을 때의 얘기였다. 암스테르담의 한 바에서 어느 날 밤 그에게 들은 것을 글로 옮겼는데, 원고를 읽어 본 그는 본명을 숨겨 달라고 했고, 나는 그렇게 했다. 열일곱 살의 그를 혁명가가 되기로 결심하게 한 어떤 사건에 대한 얘기였다.(『존 버거의 글로 쓴 사진』 19장에 나오는 모하메드가 바로 이 사람이다―역자) 그가 세상을 떠난 지금, 나는 그를 본명으로 부르고자 한다.

프란츠 파농(Franz Fanon)의 글―특히 『대지의 저주받은 자들(The Damned of the Earth)』―에서 영향을 받은 그는 몇몇 해방투쟁에 깊이 관여하게 된다. 그 가운데는 팔레스타인 해방운동도 포함되어 있었다. 나는 그가 요르단 강 서안에 있는 제닌 난민촌에 대해 말하던 것을 기억한다. 생애가 끝나 갈 무렵, 에크발은 15세기의 위대한 철학자 이븐 칼둔(Ibn Khaldun)의 이름을 딴 자유사상 대학을 파키스탄에 창설했다. 이븐 칼둔은 사회학이 생기기 훨씬 전에 그 학문의 기본원칙을 생각해 두었던 사람이다.

인생은 이별을 통해 필연적으로 혼자 살아갈 수밖에 없음을, 에크발은 어릴 적에 알게 된다. 사람들은 누구나 이런 사실을 알아차리게 되고, 그런 다음 비극의 범주는 자기와 무관한 것으로 치부하고 쓰레기통에 내버린다. 하지만 에크발은 비극을 버리지 않았고 그것을 자기 것으로 받아들인다. 그리하여 그는 자신의 왕성한 에너지를 여러 방면에서의 연대—우정, 정치적 연대, 군사적 충성, 가난에의 동참, 후원 활동—를 구축하는 데 쓰게 된다. 그런 연대는 그 불가피한 이별 후에도 살아남을 수 있는 기회를 제공한다. 나는 그가 만들어 주던 먹을거리들을 아직도 기억한다.

라말라에서 그를 만나리라곤 전혀 예상치 못했다. 그 도시에서 뽑아 든 첫 책의 세번째 페이지에 그의 사진이 실려 있었다. 그랬다. 거기서 그와 함께하리라곤 생각지 못했다. 하지만 그 도시를 찾자고 마음먹은 그 순간 그는 내 곁에 있었고, 내게 한 줄의 메시지를 던져 주었다. 내 상상 속 작은 스크린에 뜬 문자 메시지는 이러했다.

돌에 관해 한번 생각해 보게!

그래, 나는 대답했다. 돌에 대해 내 방식대로 한번 생각해 보겠네.

어떤 나무들—특히 뽕나무나 서양모과나무—을 보면, 오래 전다른 생의 라말라, 나크바 이전의 라말라는 인근 예루살렘의 부유한 사람들이 더운 여름날 피서를 왔던 휴양도시였음을 알 수가 있다. 나크바는 팔레스타인 사람 일만 명이 죽고 칠십만 명이 자신들의 나라를 떠나야 했던 1948년의 '대재앙'을 이르는 말이다.

오래 전, 신혼부부들은 자신들의 미래를 기원하면서 라말라의 정원에 장미를 심었다. 충적토로 된 그 토양은 장미에 맞았다.

오늘날 팔레스타인 자치기구의 수도 격인 라말라 중심가의 벽들은, 어느 하나 죽은 자들의 사진이 붙어 있지 않은 벽이 없다. 살아 있을 때 찍은 것을 조그맣게 복사한, 2000년 구월에 시작된 제이차 인티파다(Intifada, 민족 봉기—역자) 때 사망한 순교자들의 사진이다. 이스라엘군과 정착민들에게 죽임을 당한 모든 사람과, 자살 대응 공격에 스스로를 희생한 사람들이 그 순교자들이다. 벽에 붙은 그 얼굴들 때문에, 어수선하고 산만한 거리가 마치 신분증이나 사진이 들어 있는 지갑처럼 친근하게 다가온다. 한 칸에는 이스라엘 보안청이 발급한, 그것이 없으면 몇 킬로미터도 다닐 수 없는 신분증명카드가 끼워져 있고, 또 다른 칸에는 영원의 얼굴이 끼워져 있는 지갑 말이다. 벽은 사진들 주위로 흩어져 있는 탄흔과 포탄 파편 흔적으로 어지럽다.

그 벽에는, 여러 사람의 지갑 속에 할머니로 간직되어 있을 늙은 여인이 있다. 십대 초반의 소년들도 있고 아버지들도 여럿 보인다. 그들이 어떻게 죽음에 이르렀나 하는 얘기를 듣다 보면, 도대체 가난이란 무엇인가 하는 생각이 든다. 가난은 거의 아무것도 없는 것, 거의 무에 이르게 하는 가장 가혹한 선택을 강요한다. 가난은 그런 **거의**와 함께 살아간다.

벽에 사진이 붙은 남자아이들 대부분은 난민촌에서 태어났다. 그 난민촌들은 빈민굴만큼 가난하다. 아이들은 가족을 돕기 위해

일찍 학교를 그만두고 돈을 번다. 아버지가 일을 가진 경우에는 아버지 일을 돕는다. 어떤 아이들은 마법의 축구선수를 꿈꾸기도 한다. 상당수의 아이들은 갈라진 나뭇가지에 고무줄과 가죽조각을 붙여 만든 새총으로 점령군을 향해 돌멩이를 날린다.

이 대치 상태에 동원되는 무기들을 비교하면 가난이란 과연 무엇인가 하는 물음에 다시 가 닿는다. 한편에는 아파치 헬기와 코브라 헬기, F-16 전투기, 에이브람스 탱크, 험비 지프, 전자감시장치, 최루탄 등이 있다. 또 다른 한편에는 새총, 투석기, 휴대폰, 낡아빠진 중고 칼라슈니코프 소총, 엉성한 사제 폭발물 등이 있다. 이 커다란 대조는 슬픔의 그 벽들 사이를 걸을 때의 내 어떤 느낌을 드러내고 있지만, 그것을 한 단어로 표현하기란 쉽지 않다. 만일 내가 이스라엘 병사라면, 아무리 좋은 무기로 무장하고 있다 하더라도 바로 그 어떤 것에 마침내는 겁을 낼 수밖에 없을 것이다. 시인 모리드 바르구티(Mourid Barghouti)가 썼던 다음 문장에서 그 어떤 것을 발견할 수도 있을 것이다. "사람은 늙어 간다. 하지만 순교자는 늘 젊어진다."

다음은 벽이 들려주는 세 사람의 얘기다.

후스니 알 나자르(Husni Al Nayjar). 십사 세. 용접공인 아버지의 일을 도왔다. 돌멩이를 던지던 중 머리에 한 발의 총탄을 맞고 절명했다. 사진 속의 소년은 차분하고 흔들림 없는 눈길로 어딘가 앞을 바라보고 있다.

압델하미드 카르티(Abdelhamid Kharti). 삼십사 세. 화가이자 작가였다. 청년 시절 간호사 훈련을 받은 그는 부상자들을 구조하는 응급구조팀에 자원해서 일했다. 아무런 소요사태도 없었던 날의 다음날, 검문소 근처에서 시신으로 발견되었다. 손가락들이 잘려

나가고 없었다. 엄지 하나만 간신히 달려 있었고, 한 팔과 한 손, 그리고 턱이 부서져 있었다. 이십여 발의 총탄이 몸에 박혀 있었다.

무하마드 알 두라(Muhammad Al Durra). 십이 세, 브레이지 난민촌에 살고 있었다. 아버지와 함께 가자 지구의 네차림 검문소를 지나 집으로 돌아가던 중 차에서 내리라는 명령을 받았다. 이스라엘 병사들이 느닷없이 총을 쏘아 댔다. 두 사람은 황급히 시멘트 담 뒤로 몸을 숨겼다. 아이의 아버지는 자신들이 거기 있음을 알리려고 손을 들어 흔들었다. 총탄은 계속 날아와 그 손을 관통했다. 그러고는 무하마드의 발을 맞혔다. 아버지가 아들을 자신의 몸으로 감싸 안아 덮었다. 총탄은 멎지 않고 계속 날아왔고 그 총탄에 무하마드는 죽는다. 아버지의 몸에서 여덟 발의 탄환이 제거되었다. 하지만 마비가 와서 다리를 쓸 수 없었고, 지금은 일자리를 잃은 채 아무 일도 못 하고 있다. 우연히도 이 사건은 촬영되었고, 세계로 퍼져 나가 널리 알려지게 되었다.

압델하미드 카르티를 기릴 그림을 그리고 싶었다. 이른 새벽 우리는 아인킨야 마을로 향했다. 마을 너머에 와디(북아프리카나 아라비아 지역에서 우기에만 흐르는 강—역자)가 흐르고, 거기에 베두인족의 천막들이 있었다. 태양이 떠올랐지만 아직 뜨겁지 않았다. 천막들 주위 여기저기에서 양과 염소들이 풀을 뜯고 있었다. 동쪽으로 보이는 언덕들을 그리리라 마음먹었다. 작고 검은 천막이 하나 있었고, 그 곁의 바위에 앉았다. 노트 한 권과 이 글을 쓰고 있는 펜 하나뿐이었다. 플라스틱 컵 하나가 버려져 뒹굴고 있었는데, 필요하면 물을 떠 와서 잉크에 섞어 써야겠다는 생각이 들었다.

한동안을 그리고 있자니, 어떤 젊은 남자 하나가 다가와(사람들은 천막 안에서 나를 계속 주시하고 있었다) 내 등 뒤의 천막으로 들어가더니 하얀색의 낡은 플라스틱 의자를 들고 나왔다. 바위 위에 앉는 것보다는 나을 것이라는 몸짓을 해 보였다. 아마도 아이스크림 가게나 빵 가게에서 내다 버린 것을 주워다 놓은 것으로 보였다. 나는 감사히 앉았다.

이제 태양은 점점 뜨거워져 갔고, 거의 바닥이 드러난 와디에서는 개구리떼의 울음이 시작되고 있었다. 나는 베두인족 천막촌의 이 손님용 의자에 앉아 그리기를 계속했다.

왼쪽으로 몇 킬로미터 떨어진 언덕 꼭대기에는 이스라엘 정착촌이 하나 있다. 질서정연한 것이 마치 군대 같았는데, 재빠르게 다룰 수 있도록 만들어진 어떤 무기의 부분품처럼 보였다. 하지만 멀리 떨어져 있고 또 조그맣다.

내가 앉은 자리에서 마주 보이는 석회암 언덕은 잠자고 있는 거대한 동물의 머리처럼 보였는데, 군데군데 드러나 있는 바위는 마치 엉킨 털에 덮인 혹처럼 보인다. 칠을 하고 싶었으나 물감이 없었다. 컵에 있는 물을 내 발 사이의 흙바닥에 부어 손가락으로 이겼다. 그 진흙 물감으로 동물의 머리 부분을 문질러 칠했다. 이제 해는 그 뜨거움이 완연해졌다. 노새 한 마리가 외마디 높은 울음을 울었다. 나는 노트의 페이지를 자꾸 넘기면서 그리고 또 그렸다. 모두가 미완성작으로만 보였다. 이윽고 그 젊은이가 다가오더니 내 그림들을 보고 싶어했다.

나는 노트를 펴 들었다. 그가 웃음을 지어 보인다. 나는 페이지를 넘긴다. 그가 가리킨다. 그러고는 말한다. 우리 흙이군요! 그가 가리키는 것은 그림이 아니라 내 손가락이다.

그러면서 우리는 언덕을 바라보았다.

나는 지금 정복당한 사람들 사이에 있는 것이 아니라, 그저 싸움에서 진 사람들 사이에 있다. 그 패자를, 승자는 두려워한다. 승자의 시간은 언제나 잠깐뿐이며 패자의 시간은 헤아릴 수 없이 길다. 그 둘의 공간 역시 다르다. 이 좁은 땅에서는 모든 것이 땅의 문제로 귀결되고, 승자는 이런 사실을 알고 있다. 그들의 억압적 지배는 근원적으로 땅에 기인한다. 이 지배는 검문소를 통해, 오래된 도로의 파괴를 통해, 엄격히 이스라엘 정착민들에게만 개방되는 새 지름길을 통해, 주위 고원지대를 감시 통제하는 것이 실제 목표인 언덕 꼭대기의 요새형 정착촌을 통해, 낮이고 밤이고 사람들을 묶어 두는 통행금지를 통해, 국제법에 반하는 불법적인 형태로 유지되고 있다. 지난해 라말라 침공 때는, 물품 구입을 위한 하루 두어 시간의 '해제'가 며칠 있었을 뿐, 통행금지가 육 주 동안이나 지속되었다. 자연사한 사람들을 내다 묻을 시간도 충분치 못했다.

저항적 이스라엘 건축가 이얄 바이츠만(Eyal Weizman)은 그의 용감한 저서에서, 이 전체주의적 영토 지배는 개발 계획 입안자와 건축가의 설계도면에서 비롯되었다고 지적했다. 폭력은 탱크와 지프가 오기 훨씬 전부터 시작되고 있었던 셈이다. 패자들이 '자기 나라에서' 조차 **위로부터는 감시당하고 아래에서는 굴착당하는**, 이른바 '수직성(verticality)의 정치학'을 그는 고발한다.

일상의 삶에서 이에 따른 영향은 끝이 없고 비정하다. 어느 날 아침 '오늘은 어디를 가 봐야지' 하는 생각이 드는 즉시 잠깐 그 생각을 멈추고, 그 '외출'이란 것을 하려면 대체 몇 개의 검문소를 통과해야 하는지를 계산해 보아야 한다. 매일매일의 가장 기본적인 공간적 움직임마저 앞뒤 다리를 끈으로 묶인 짐승처럼 속박당하고 있다.

 게다가, 아무런 예고 없이 검문소의 위치가 나날이 바뀌기 때문에 시간적 경험도 속박당한다. 오늘 아침 일터에 가는 데 얼마나 시간이 걸릴지, 어머니를 뵈러 가는 데는 얼마나 걸릴지, 학교에 가는 데는, 의사에게 가는 데는 얼마나 걸릴지 도무지 알 수가 없고, 일을 다 보고 난 뒤에 집에 돌아가는 데는 또 얼마나 걸릴지 알 수가 없다. 양 방향 모두 삼십 분도 될 수 있고 네 시간도 될 수 있다. 혹은 경기관총을 든 병사들에 의해 길이 완전히 막힐 수도 있다.

 테러분자들에 대응하기 위해서는 어쩔 수 없는 조처라고 이스라엘 당국은 주장한다. 진실을 호도하고 있다. 이 억압적 지배의 진짜 목적은, 원래 이곳에 살던 사람들의 시간적 공간적 계속성을 파괴하여 그들로 하여금 이곳을 떠나게 하거나 연한계약 노동자(이민 경비를 제공받는 조건으로 일정 기간 무상으로 노동한 미국 초창기의 이민 노동자—역자)의 위치에 만족하며 살아가게 하려는 것이다. 죽은 자들이 산 자의 저항을 돕는 이유가 바로 여기 있다. 여자든 남자든 순교자가 되기로 결심하는 이유 또한 여기에 있다. 싸우자고 마음을 다잡는 테러리즘을 고무하는 것은 바로 이 억압적 지배다.

 돌이 깔린 좁은 도로가 둥근 바위들 사이를 지나 라말라 남쪽 계곡으로 이어진다. 길은 로마 시대에도 있었을 법한 오래된 올리브나무들이 서 있는 작은 숲 사이를 지나기도 한다. 바위투성이의 이 도로(어떤 차를 타고 가든 아주 힘겨운)가 팔레스타인 주민들이 근처 마을로 갈 수 있는 유일한 길이다. 원래 있던 아스팔트 길은 팔레스타인 사람들에게는 통행이 금지되어 있고 이스라엘 정착민들만 다닐 수 있다. 나는 잰걸음으로 걸었다. 내 일생 동안의 경험에 의하면, 천천히 걷는 것이야말로 더욱 지치게 하기 때문이다. 관목들이 서 있었으며, 붉은 꽃 한 송이가 눈에 띄었고 멈춰 서서 그 꽃을 땄다. 나중에 알게 된 꽃의 이름은 아도니스 아에스티발리스(Adonis Aestivalis)였다. 선연한 붉은빛의 이 꽃은 수명이 아주 짧다고 책에 나와 있었다.

왼쪽 언덕길로는 가지 마세요. 함께 가던 바하가 소리쳤다. 그쪽으로 가까이 다가가면 이스라엘 사람들이 총을 쏜다고 했다.

거리를 가늠해 보았다. 일 킬로미터가 채 안 됐다. 경고받은 방향으로 수백 미터 지점에, 줄에 매인 노새와 말이 눈에 띄었다. 그 지점을 안전 한계선으로 설정하고 가까이 가 보았다.

각각 열한 살과 여덟 살쯤 되어 보이는 두 남자아이가 거기서 무언가 일을 하고 있었다. 그 중 더 어려 보이는 아이는 땅에 묻힌 커다란 통에서 물을 길어 깡통들에 담고 있었다. 한 방울도 흘리지 않으려고 주의를 기울이는 모습이, 물이 얼마나 귀한지를 알게 해 준다. 큰 아이는 물을 가득 채운 깡통을 들고 조심조심 언덕길을 내려와 쟁기질을 한 밭에 물을 주었다. 밭작물을 기르고 있었다. 둘 다 맨발이다.

큰 아이가 손짓하며 나를 부르더니 길게 늘어선 수백 포기의 작물들을 자랑스럽게 보여준다. 토마토, 가지, 오이 등이었다. 지난 주에 심은 것이 분명했다. 아주 작은 것들이 물에 목말라 하고 있었다. 알 수 없는 작물이 하나 있어 흥미로웠는데, 그걸 눈치챈 아이가 '큰 전구'라고 말해 준다. 멜론 같은 것이냐고 물었다. 슈맘(Shumaam)이라 불러요! 우리는 함께 웃었다. 나를 향해 붙박인 그의 웃는 눈에는 아무런 주저함이 없다.(나는 후스니 알 나자르

75

를 떠올렸다) 왜인지 까닭은 알 수 없으나, 우리는 동일한 순간을 함께 살고 있다. 소년은 나를 더 아래쪽으로 데려가면서 얼마나 많이 물을 주었는지를 보여준다. 어느 순간 멈춰 서서 저쪽 이스라엘 정착촌을 둘러싸고 있는 방어벽과 그곳의 붉은 지붕에 눈길을 주었다. 턱으로 그쪽을 가리키는 그의 몸짓에서 무언가 나와 나누고 싶어하는 듯한 조롱의 낌새를 느낄 수 있다. 물을 준 대견함을 공감받고 싶어한 것처럼, 그 감정도 나누고 싶어했다. 마치 둘이 함께 같은 시간, 같은 자리에다 오줌 누자고 마음을 모은 것 같았다. 그 조롱의 낌새는 이내 함박미소로 바뀌어 갔다.

우리는 함께 바윗길로 되돌아왔다. 소년은 키 작은 박하풀을 꺾어 한 묶음 내게 건넸다. 그 강한 향내의 시원함은, 아까 그 깡통의 물보다 더 시원한 물을 한 모금 들이켠 것 같다. 우리는 말과 노새 쪽으로 다가갔다. 안장도 없는 말은 머리 씌우개 끈과 고삐만 있을 뿐 굴레와 재갈은 채워져 있지 않았다. 소년은 조금 전에 보여준 상상의 오줌누기보다 좀더 인상적인 것을 보여주고 싶어했다. 동생이 노새를 잡고 있는 사이 소년은 안장도 없는 말 등에 뛰어올라 순식간에 갤럽하여 내가 왔던 도로 쪽을 향해 달려갔다. 말은 다리가 여섯 개였는데, 넷은 말의 것이었고 둘은 말 탄 사람의 것이었다. 소년의 손은 그 다리 여섯 개 모두를 제어하고 있었다. 그 능숙함은 지난 몇 생 동안의 승마 이력을 말해 주는 것 같았다. 크게 미소지으면서 돌아온 그에게서 수줍음의 표정 또한 처음으로 읽을 수 있었다.

약 일 킬로미터쯤 떨어진 곳에 있던 바하와 그 일행을 다시 만났다. 소년들의 삼촌과 얘기를 하고 있었는데, 그 사람 역시 옮겨 심은 지 며칠 되지 않은 작물에 물을 주고 있었다. 해가 저물고 있고 햇빛도 바뀐다. 물을 준 곳은 좀더 짙은 색이었지만 펼쳐진 풍광의 주된 색은 황갈색의 땅 색깔이다. 오백 리터짜리 암청색 물통 바닥에 깔린 마지막 물을 퍼 올려 쓰고 있는 중이었다.

그 푸른 물통에는 열한 개의 주의 깊게 땜질한 자국—구멍을 때운 것과 비슷하지만 좀더 큰—이 있다. 봄비가 내려 물통에 물이 가득 찬 어느 날 밤, 저 붉은 지붕의 할라미시 정착촌에서 한 무리의 사람들이 몰려와 칼로 찌르고 간 뒤 고친 것이라고 그가 내게 설명한다. 그 아래 언덕 밭에 있던 물통은 수리가 불가능했다. 그 밭 먼발치에는 나이를 먹어 울퉁불퉁한 올리브나무 그루터기가 있다. 둘레로 짐작해 보건대 수백 년은 된 것이 틀림없다. 어쩌면 천 년이 됐을지도 모른다.

며칠 전 밤, 그들이 사슬톱을 가져와 잘라 버렸다고 그 삼촌은 말한다.

나는 다시 한번 모리드 바르구티를 인용한다. "팔레스타인 사람에게 올리브기름은 세기와 세기를 넘어, 여행자에게는 선물이요 신부에게는 위안이며, 가을의 결실이고 곳간의 자랑이며 가족에게는 재산이다."

훗날 나는 자카리아 모하메드(Zakaria Mohamed)의 「재갈」이라는 시를 읽었다. 시는, 재갈도 물리지 않았는데 입에서 피를 흘리고 있는 검은 말을 그리고 있다. 자카리아의 이 시에도 피에 놀란 한 소년이 등장한다.

저 검은 말은 무얼 저리 씹고 있을까?
소년은 묻는다,
대체 무얼 씹고 있을까?

검은 말은
깨물어 씹고 있다
차가운 쇠로부터 버리어진
한 조각 기억의 재갈을,
죽을 때까지
씹고 또 씹어야 할
그 기억의 재갈을.

내게 그 키 작은 박하풀을 건네준 소년이 일곱 살을 이미 넘긴 아이라면, 그 아이가 자기 생명을 기꺼이 바칠 준비를 하고 저 하마스에 자원하는 이유를 그리 어렵지 않게 알 수 있다.

파괴된 아라파트 집무실 건물에는 산산조각난 콘크리트 슬래브와 떨어져 내린 돌 조각들이 흩어져 있다. 그 거칠고 무거운 파편들은 사태의 심각성을 상징적으로 나타내 왔다. 물론 이스라엘 지휘관들이 생각하는 그런 식으로서가 아니다. 그들의 입장에서 보면, 아라파트와 그의 동료들이 있는 무카타 본부가 박살난 것은 아라파트가 처한 치욕적인 상황이 일반에게 공개된 것일 뿐이다. 마치, 군대가 조직적으로 습격하고 수색한 민간 아파트에서, 옷과 가구와 벽에 토마토케첩을 뿌려 앞으로 다가올 더 큰 재앙을 은밀히 경고하는 것과 같다.

아라파트는 세계의 어느 지도자보다 더욱 신실하게 자신의 동족인 팔레스타인 사람들을 여전히 대표하고 있다. 민주적으로 그런 게 아니라 비극적으로 그렇다. 여기에 심각성이 있다. 그가 수반으로 있는 팔레스타인 해방기구의 많은 실수와 주위 아랍 국가들의 애매한 태도로 인해, 그에게는 정치적 입지가 남아 있지 않다. 정치 지도자로서의 역할은 더 이상 하지 못한다. 하지만 그는 굴복을 거부한 채 여전히 이 자리에 남아 있다. 아무도 그를 신뢰하지 않는다. 그러나 그를 위해 목숨을 내놓을 사람은 많다. 어째서 이런 일이 가능한가. 정치인의 자리에서 물러난 아라파트는 파편 부스러기로 만들어진 산이 되었고, 아무리 부스러기 산이더라도 그 산은 조국의 산이기 때문이다.

살아오면서 그런 번개는 처음 보았다. 하늘로부터 기이한 규칙성을 지닌 모습으로 떨어져, 무엇이 멀리 있고 또 무엇이 가까이 있는지를 전혀 구별하지 못하게 했다. 원근의 차이는 단지 크기로만 나타날 뿐, 색이나 질감이나 세부의 모습 등은 전혀 알 수 없었다. 그리하여 내가 이 땅에 서 있다는 느낌, 여기 있다는 감각이 사뭇 달라진다. 땅은, 나라는 사람 주위로 스스로 그렇게 자리하고 있을 뿐, 사람에 맞선다는 느낌은 전혀 없다. 미국 애리조나에서와는 정반대다. 이곳의 땅은 머물 것을 넌지시 유인하지 않는다. 떠나지 말 것을 단호하게 청한다.

그리고 나는 여기에 있다. 적어도 지난 이백 년 동안 폴란드와 갈리시아, 오스트리아-헝가리 제국에서 살던 내 선조들이 가꾸어 왔고 또 말해 왔던 그 꿈속의 표상에 와 있는 것이다. 그리고 나는 바로 여기서, 이스라엘이라는 국가(내가 살고 있는 국가의 사촌격인)에 의해 비극적일 정도로 전체주의적인 괴롭힘을 당하고 있는 그 사람들의 고통, 바로 그 고통의 원인이 나라는 사실을 뼈저리게 느끼고 있다.

목공 교사인 리아드가 내게 보여주기 위해 자신의 그림을 가지러 갔다. 그의 아버지 집 뜰에 함께 앉아 있었다. 아버지는 흰 말을 몰아 맞은편 밭을 갈고 있었다. 리아드는 오래된 금속 파일캐비닛에서 꺼낸 듯한, 묶음으로 된 그림들을 가지고 왔다. 천천히 걸어왔고, 그에게 길을 내주는 닭들은 더 천천히 움직였다. 나와 마주 앉아 한 장씩 그림을 건넸다. 기억 속의 모습을 엄청난 인내로 그려낸, 딱딱한 연필심으로 그린 그림이었다. 일을 마치고 난 저녁, 자신이 원하는 검정색이 나올 때까지 그리고 또 덧그린 흔적을 볼 수 있으며 회색은 은빛을 띠고 있다. 그림은 아주 커다란 종이에 그려져 있었다.

물 주전자, 그의 어머니, 이미 없어져 버린 방으로 뚫린 창들이 그려진 부서진 집. 그런 것들이 그려져 있었다.

그림들을 다 보고 내려놓자, 간난신고를 겪은 농부의 얼굴을 한, 어느 나이 든 사람이 내게 말을 걸어 왔다. 닭에 대해 아는 게 있느냐고 묻는 듯했다. 암탉 한 마리가 병이 들어 알 낳기를 그쳤다. 별달리 할 게 없었다. 어느 날 잠을 깬 암탉은 죽음이 가까워 온 걸 느낀다. 자신이 죽어 간다는 것을 안다. 그 다음엔 대체 무슨 일이 일어났을까. 닭은 다시 알을 낳기 시작했고 죽을 때까지 계속 알을 낳았다. 우리가 바로 그 닭이다.

검문소는 통상적인 국경초소와는 전혀 닮지 않았지만, 점령지 안에 그어 놓은 내면의 국경선처럼 기능한다. 그 구조와 기능 면에서, 그곳을 통과하는 모든 사람을 천덕꾸러기 난민으로 환원시켜 버린다.

검문소에 게시된 표지판에 의한 억압과 지배의 중요성을 과소

평가할 수가 없다. 누가 승자인지, 또 누가 스스로를 정복당한 자로 인정해야 하는지를 끊임없이 상기시켜 준다. 팔레스타인 사람들은, 어떤 경우에는 하루에도 몇 번씩 자신의 땅에서 난민 역할을 해내야 하는 치욕을 감수할 수밖에 없다.

검문소는 한 사람도 빠짐없이 걸어서 통과해야 하고, 집총(執銃)을 한 병사들이 '검문'하고 싶은 사람을 마음대로 골라낸다. 자동차는 통과할 수 없다. 오래된 옛 도로들은 다 파괴되었다. 생색내기 위해 만들어 놓은 새 '루트'라는 것 역시 커다란 돌덩이와 자잘한 통행방지물들이 널려 있어 쓸 수가 없다. 따라서 갑자기 의식을 잃은 사람이 있다 해도, 질질 끌려서라도 반드시 이곳을 통과해야 한다.

아픈 사람과 늙은 사람은 젊은이들이 밀어 주는 네 바퀴 달린 상자(원래 시장에서 채소 운반용으로 만들어진)를 타고 간다. 젊은이들은 이 일로 생계를 유지한다. 엉덩이가 배기지 않게, 작은 방석 하나씩을 나누어 준다. 서로서로 얘기를 나눈다. 언제나 가장 최근의 소식들로 가득하다. (검문소는 매일매일 위치가 바뀐다.) 서로 충고하고 서로 탄식하며, 자신이 제공한 그 약간의 도움에 저마다 기꺼워한다. 아마 그들이야말로 비극의 합창단이라 부를 수 있으리라.

어떤 '통근자들'은 지팡이를 짚거나 심지어는 목발을 짚고 절뚝거리며 걸어간다. 자동차 짐칸에 실으면 될 짐들을 손에 들거나 등에 진 채 힘겹게 운반한다. 그런 횡단 거리는 하룻밤 사이에 삼백 미터에서 천오백 미터로 늘어나기도 한다.

세련된 젊은 사람들은 예외지만, 팔레스타인 부부들은 공공장소에서 서로 조금 거리를 두고 떨어져 있는 것을 예의로 여긴다.

하지만 여기에서는 젊은 부부 늙은 부부 할 것 없이 모두가 두 손을 꼭 잡고 매 발자국마다 다음 발 디딜 곳을 살피면서, 또 겨눠진 총 앞을 속도를 정확히 계산하면서 잰걸음으로 지나간다. 너무 빠르면 경비병들의 의혹을 자극할 것이고, 너무 천천히 지나가면서 주저함을 보이면 저들의 만성적 지루함을 해소시켜 줄 '게임'의 표적이 될 것이기 때문이다.

많은 이스라엘 병사가(모두가 그런 건 아니지만) 보여주는 강한 복수심은 유별난 데가 있다. 그 복수심은 에우리피데스가 탄식하면서 썼던 잔인함과는 다르다. 비슷한 힘을 가진 두 당사자간의 싸움이 아니라, 모든 힘을 다 가진 편과 명백히 아무것도 갖지 못한 편의 대결이기 때문이다. 하지만 힘있는 편의 이 힘은 무서운 좌절감을 동반하고 있다. 온갖 무기에도 불구하고, 자신들의 힘에 잘 설명되지 않는 한계가 있음을 알게 된 것이다.

유로를 셰켈(shekel, 이스라엘의 화폐단위—역자)로 바꾸고 싶었다. 팔레스타인에는 고유 화폐가 없다. 중심가를 걸어 내려가니, 탱크가 밀려오기 전까지는 포장도로였을 거리에 작은 가게들이 늘어서 있다. 의자를 내놓고 앉아 있는 남자들이 몇 있었다. 손에 돈뭉치를 쥐고 있다. 젊은 사람 하나에게 다가가 백 유로를 바꾸고 싶다고 말했다. (금붙이 가게에서 어린이용 팔찌 하나를 살 수 있을 돈이다.) 주머니에서 작은 계산기를 꺼내 계산하더니 수백 셰켈로 바꿔 주었다.

계속 걸었다. 나이로 보면 방금 내가 상상했던 금팔찌 여자아이의 오빠뻘 될 소년 하나가 내게 껌을 내밀며 사 달라고 한다. 소년은 라말라에 있는 두 군데 난민촌 중 한 곳에 살고 있을 것이다. 나는 샀다. 플라스틱 신분증을 싸는 비닐커버도 팔고 있었다. 적개심과 분노의 표정이다. 마치 껌을 모두 다 사 달라는 것 같다. 나는 다 샀다.

삼십 분 정도가 지났다. 채소 시장에 들렀다. 어떤 남자는 크기가 전구알만한 마늘을 팔고 있다. 시장은 사람들로 붐볐다. 누군가가 내 어깨를 톡톡 쳤다. 돌아보니 아까 그 환전상이었다. 다시 보니 오십 세켈을 덜 드렸어요. 여기 있습니다. 나는 십 세켈짜리 지폐 다섯 장을 받았다. 당신은 찾기가 어렵지 않더군요. 그가 덧붙인다. 고마워요. 내가 말한다.

나를 바라보는 그의 눈에 나타난 표정에서 그 전날 보았던 어느 늙은 여인을 떠올린다. 한순간에 최대한의 주의를 집중시키는 눈길이다. 마치 그 순간이 마지막이 될 수도 있다는 듯이, 고요하고 사려 깊다.

환전상은 몸을 돌리더니 자신이 앉아 있던 의자를 향해 먼 발걸음을 옮겼다.

코바르 마을에서 그 늙은 여인을 만났었다. 콘크리트로 된 집이었는데 마감을 하지 않아 거친 표면 그대로였다. 텅 빈 거실의 벽에는 그의 조카 마르완 바르구티(Marwan Barghouti)의 사진이 액자에 넣어져 걸려 있었다. 소년 시절, 청년 시절, 나이 마흔 때의 사진들이었다. 지금 그는 이스라엘 감옥에 있다. 석방되면, 그는 안정적인 평화협상의 중요 당사자가 될 파타(Fatah, '팔레스타인 민족해방운동'의 약자. 팔레스타인 해방기구 내의 최대 조직으로 중도좌파적 입장을 견지하고 있다—역자)의 몇 안 되는 정치 지도자 중의 하나가 될 것이다.

바르구티의 아주머니는 커피를 만들고 우리는 레몬주스를 마시고 있었는데, 그녀의 손자 둘이 마당으로 나왔다. 아홉 살과 일곱 살쯤 되어 보였다. 동생 이름이 조국, 형의 이름은 투쟁이었다. 산지사방으로 달리다가 서로를 빤히 보면서 갑자기 멈추더니, 둘 다 무언가 가리개 뒤에 숨은 몸짓으로, 상대방이 자신을 찾았는지를 확인하려는 듯 밖을 내다보는 제스처를 취했다. 그러더니 보이지 않는 다른 은신 장벽을 찾아 다시 내달았다. 자기들이 만들어낸 듯한 이 놀이를 하고 또 한다.

셋째는 네 살배기였다. 얼굴에 흰색과 붉은색의 약을 발라 놓은 것이 마치 어릿광대 같았다. 놀이가 언제 끝날지 모르는 채, 동경과 익살이 뒤섞인 모습으로 한편에 서 있었다. 아이는 수두에 걸려 있어서 손님들에게 가까이 올 수가 없었다.

헤어질 무렵, 인사를 하는 그녀의 눈에서 앞서 말한 그 특이한 표정을 읽을 수 있었다. 순간에 모든 주의를 기울이는 그런 눈이었다.

두 사람이 테이블에 테이블보를 씌우는 경우를 생각해 본다. 그들은 보가 제대로 놓였는지를 흘끗 마주치는 서로의 눈길로 확인한다. 테이블을 이 세상으로, 테이블보를 우리가 구해야 할 생명들로 상상해 본다. 이때의 흘끗 마주치는 그 눈길이 바로 그녀의 눈에서 읽은 표정이다.

놋쇠로 된 작은 주발이 있다. 두려움의 잔이 그것의 이름이다. 그 잔에는 기하학적인 장식과 코란 구절들이 한 송이 꽃 모양을 만들면서 선형으로 음각되어 있다. 물을 채워서 하룻밤 별빛 아래 바깥에 놔둔다. 다음날 기도 중에 이 물을 마시면 통증 치료에 효과가 있다. 물론 여러 가지 병들에, 이 두려움의 잔이 항생제만큼 효과가 있지는 않다. 하지만 별빛을 담아낸 한 잔의 물, 코란이 말한 것처럼 모든 생명있는 것들의 근원인 그 물은 억압적인 지배를 이겨낼 힘을 줄 것이다….

라말라를 떠난 지 이 주가 되었다. 프랑스 북서부의 피니스테르에 와 있다. 바다가 바라다보인다. 기후와 초목들이 너무나도 대조된다. 단 한 가지 공통점이 있다면 지천으로 흩어져 있는 가시나무뿐이었다. 피니스테르 해안은 바다에 면한 바위절벽에 이르기까지 녹색의 양치류로 뒤덮여 있다. 그 절벽 암반은 바다의 힘에 의해 수많은 작은 섬으로 쪼개져 있다. 바다는 반시간마다 그 빛깔을 바꾼다. 사람들은 영국 남서부의 콘월로부터 스페인 갈리시아에 이르는 유럽 서안을 땅끝이라고 부른다. 여기 피니스테르에서 땅은 양치류와 돌덩이 같은 작은 섬들로 끝난다.

나는 세계에서 가장 오래된 유적을 찾아 이곳으로 왔다. 이집트의 피라미드 중 가장 먼저 만들어진 것보다 천 년쯤 전에 만들어진 유적이다. 이것 역시 무덤으로 만들어졌다. 그렇다네, 에크발! 지금 나는 그 돌무더기 앞에 와 있다네. 가이드북에는 돌무덤이라고 적혀 있었다.

하지만 이 유적은 돌무덤의 수준을 훨씬 뛰어넘는다. 오히려 고도로 명료하게 표현된 하나의 조각품이다. 매 사십 센티미터가 마치 무엇인가를 손으로 쓴 한 단위의 글자처럼 보인다. 길이 칠십 미터가 넘고 너비가 이십오 미터이며 높이는 팔에서 십 미터쯤 된다. 모든 방향의 돌들이 의도적으로 서로 연결되어 있어서 마치 손으로 쓴 글자들처럼 보인다.

배 한 척을 상상해 본다. 배는 지금 모를레 만을 빠져나가기 위해 뱃머리를 북동쪽으로 향하고 있다. 그런 후에 서쪽으로 방향을 바꾸면 미국으로 갈 수도 있을 것이다. 호머 식 뱃머리를 지닌(실제로 이 지방의 전설 중에는 코크로 가던 오디세우스가 이 해안을 경유했다는 얘기도 있다) 배, 돌로 만들어진 이 배는 결국 땅과 혼인하여 여기에 머물렀다!

탄소연대측정법으로 알아낸 바에 의하면, 이 돌로 된 배는 적어도 육천 년 전, 두 차례에 걸쳐 만들어졌다. 처음 만들어진 것은 배의 뒷부분인데 녹색의 변성 조립현무암(粗粒玄武巖)으로 되어 있다. 양치식물이 자라는 산성 토양의 땅과 함께, 이 해안에 아주 풍부한 암석이다. 다시 한두 세기가 지난 후, 배의 앞부분이 덧붙여졌다. 이번에는 스테렉 섬에서 가져온 귀리색 화강암으로 만들어졌다.

다음으로 세번째의 축조가 있었고 이를 통해 죽음의 배 이호로 불릴 만한 돌 구조물이 만들어졌겠지만, 1950년대에 철저히 파괴되고 말았다. 오래 전부터 흙으로 덮이고 식물이 무성하게 자라났는데, 당시에 채석장으로 파헤쳐졌고 거기 있던 돌들은 자갈로 쓰기 위해 파내졌다.

고고학자들에 의하면, 두 번에 걸쳐 뒷부분과 앞부분이 만들어지는 데 소요된 시간은 각각 수개월 정도였다. 투입된 노동력을 생각해 볼 때, 이 지역에 살고 있던 수백 명의 주민 모두가 함께 일했을 것으로 추측된다.

크기와 무게로 따져 볼 때, 대부분의 돌이 장정 한 사람이 두 팔로 안아 운반할 수 있을 정도이다. 주먹만한 작은 돌도 있는데, 완벽하게 꼭 맞는 큰 돌들 사이에 그나마 남아 있던 작은 틈을 메우기 위한 것이었다.

이 돌 배의 상갑판 바닥은 울퉁불퉁하지 않고 편평하다. 구조물 안으로 통로가 나 있는데, 그 위를 받치는 상인방(上引枋)으로 쓰인 돌과 석실의 천장으로 쓰인 돌은 사람 키보다 더 큰 거석들이다. 하갑판에는 좌현과 우현에 스물두 개의 통로가 나 있는데, 그것들은 열한 개의 석실로 연결된다. 그곳에 죽은 이들이 자리했다.

나는 그 중의 한 통로를 따라 들어간다. 마치 중심 주제를 향해 가는 문장과 같다. 반쯤 허물어진 그 성소 안에 들어서니 벽에서 가지런히 튀어나온 버팀돌들을 볼 수 있었다. 이 해안가의 무수한 여느 돌들과 다를 것이 없는 돌이었다. 하지만 여기서는 그 가지런한 배열들로 인해 그 돌들이 말을 하고 있고, 그 말은 대단한 설득력을 지니고 있다.

혼란은 어떤 경우라도 그 까닭이 있을 테지만 자신을 표현하지는 못한다. 언어와 의사소통 행위는 인간의 배열하는 역량, 어떤 장소에 자리시키는 능력에서 비롯되었다. **자리**(place)라는 단어는 동사로도, 명사로도 쓰인다. 어떤 한 장소에 대한 배열 능력이 동사라면, 인지하고 이름 붙이는 능력은 명사에 속한다. 이런 두 가지 역량 모두, 죽은 자들을 존중하고 보호하려는 인간의 기본적 의무감과 그 연원에 있어 따로 떼어 생각할 수 없는 것이 아닐까.

그때 내 머리에는 두 가지 사실이 함께 떠오르면서 기묘하게 비교되었다. 하나는 수백 명의 사람을 여러 달 동안 동원해 이 돌로 된 배를 만들도록 고무시킨 의무감이었고, 다른 하나는 팔레스타인의 어린아이들로 하여금 점령군의 탱크에 돌을 던지게 한 의무감이었다. 그 둘이 전혀 다르지 않다는 느낌이 들었다.

머릿속으로 부르는 합창,
혹은 피에르 파올로 파솔리니

(2006년 6월)

파솔리니(Pier Paolo Pasolini)를 일러 천사 같은 사람이었다고 한다면, 그에 대한 이보다 더 엉뚱한 표현은 없으리라. 코시모 투라(Cosimo Tura, 15세기 이탈리아의 화가, 우의화로 유명하다—역자)가 그렸던 천사라면 어떨까. 그런 천사도 아니다. 이 화가가 그린 인물 중에 그와 꼭 닮은 사람이 있다면 성 게오르기우스 정도다! 파솔리니는 공식적으로 인정받는 성자나 행복하고 평온한 모습의 천사는 아주 싫어했다. 이럴진대 그가 천사 같았다는 나의 말은 왜일까. 선천적인 깊은 슬픔이 오히려 타인들과 농담을 나누게 했고, 고뇌에 찬 얼굴이 웃음을 퍼뜨렸기 때문이다. 그 웃음이 필요한 사람들이 누구인지를 정확히 꿰뚫고서. 그들에게 친근하고 부드럽게 다가가면 갈수록 더욱 또렷하고 투명하게 표현할 수 있었다! 장차 겪게 될 최악의 상황에 대해 사람들에게 부드럽게 속삭일 줄 알았다. 그리하여 그들의 고통을 조금은 줄여 줄 줄 알았다. "희망이 전혀 없는 절망은 없다. Disperazione senza un po'di speranza."〔피에르 파올로 파솔리니(1922-1975)〕

나는 그가 예언적 능력 이외의 자신의 여러 다른 능력에 대해 의

88

구심을 가졌으리라 생각한다. 아마 그 예언적 능력조차 의심하고 싶었을 테지만. 하지만 그에게는 예언의 능력이 분명히 있었고, 그 예언은 오늘날 고단한 우리 삶에 힘을 준다. 나는 이제 막, 그가 1963년에 만든 영화를 한 편 보았다. 놀랍게도 일반에게는 공개된 적이 없었던 영화였다. 유리병에 넣어져 바다를 떠돌다가 사십 년 만에 우리 해안에 밀려온 어떤 메시지처럼, 그렇게 도착한 것이다.

그 시절에는 텔레비전이 아니라 영화관의 뉴스 화면을 통해 세상 돌아가는 모습을 볼 수 있었다. 1962년, 그런 뉴스영화를 만들던 이탈리아의 제작자 페란티(Gastone Ferranti)에게 기발한 생각이 하나 떠오른다. 독특한 개성으로 이미 이름이 알려지고 있던 파솔리니에게 자신이 제작한 1945년부터 1962년까지의 뉴스영화 아카이브를 열람하게 해서, '어째서 그 기간 중에 세계 도처에서 전쟁의 공포가 끊이지 않았던가'라는 질문에 대한 답을 구하고자 했다. 파솔리니에게는 모든 자료를 열람할 수 있는 권한과, 녹음되어 덧붙여질 논평 집필의 권한을 주기로 한다. 계획대로 한 시간짜리 영화가 만들어지면 영화사의 명성을 드높이게 될 것이었다. 당시에는 또 다른 세계대전의 공포가 실제로 널리 퍼져 있었기 때문에, 페란티가 제기한 그 질문은 뜨거운 호응을 불러일으킬 수 있었다. 1962년 시월에는 쿠바와 미국, 또 소련 간의 핵전쟁 발발 위기가 고조되고 있었다.

이미 〈걸인(Accattone)〉〈맘마 로마(Mamma Roma)〉〈백색 치즈(La Ricotta)〉 등의 영화를 만들었던 파솔리니가 이 제안을 받아들였던 그 나름의 동기는 따로 있었다. 당시 그는 역사와 사랑에 빠져 있었고, 또한 그 역사와 전쟁을 벌이고 있었다. 파솔리니는 영화를 만들었고, 거기에 〈분노(La Rabbia)〉¹라는 이름을 붙였다.

정작 이 영화를 사전 관람한 제작자들은 신경이 곤두서고 겁이 났던 듯하다. 당시의 저명한 우파 저널리스트 조반니 과레스키(Giovanni Guareschi, 이탈리아의 작가, 『돈 카밀로』 시리즈로 유명하다—역자)로 하여금 똑같은 자료로 또 다른 영화를 만들게 해서 그 둘을 하나로 묶어 보여주기로 계획을 바꾼다. 그것 역시 완성되었다. 하지만 두 영화 모두 상영되지 못했다.

〈분노〉는, 아주 강한 인내심으로 만들어진 것이지 노여움에 의한 것은 아니라고 나는 말하고 싶다. 그는 세상에서 일어나고 있는 일들을 투철하고 명료한 시선으로 바라본다. (렘브란트가 그렸던 천사들이 이런 시선을 가지고 있다.) 그가 이렇게 하는 이유는, 리얼리티만이 우리가 사랑할 수밖에 없는 것의 전부이기 때문이다. 리얼리티 외에는 없기 때문이다.

탐욕스런 자들과 권력자들의 위선, 허울 좋은 말, 잘난 체에 대한 그의 거부는 철저했다. 그런 것들로부터 무지가 태어나서 성장하기 때문이다. 무지는 진실에 대한 눈감음의 한 형태다. 또한 그것들은 인간의 기억을 모욕한다. 그 기억에는 우리에게 남겨진 가장 중요한 유산인 언어에 대한 기억도 포함된다.

하지만 그가 사랑했던 리얼리티는 그저 단순히 받아들여질 수 있는 것은 아니었다. 당시의 현실이 너무도 절망적이었기 때문이다. 고대로부터의 희망들은 파시즘이 패배한 뒤인 1945년에 다시 꽃피고 천명되었지만, 그즈음 이미 배신을 겪고 있었다.

소련이 헝가리를 침공했고, 프랑스는 알제리를 상대로 그 비겁한 전쟁을 시작하고 있었다. 옛 식민지였던 아프리카 국가들의 독립 과정은 끔찍할 정도로 잘못되어 있었으며, 루뭄바(Patrice H. Lumumba, 아프리카의 반식민주의 지도자이자 콩고의 첫 수상─역자)는 미 중앙정보국(CIA)의 하수인들에 의해 권력에서 쫓겨나고 살해되었다. 신자본주의는 이미 지구를 접수할 계획을 세우기 시작하고 있었다.

하지만 그런 것들에도 불구하고, 보통 사람들에게 남겨진 유산은 너무 소중하고 너무 확고해서 폐기할 수가 없었다. 혹은 달리 말해 본다면, 이심전심으로 널리 퍼져 있는 진실에 대한 요구는 결코 무시할 수가 없을 정도였다. 숄을 걸치는 방식에서의 그 요구. 젊은 남자의 얼굴에서의 그 요구. 부정의에 항의하는 사람들로 빽빽한 거리에서의 그 요구. 미래에의 기대가 드러나는 그들의 웃음에서, 또 그들끼리 주고받는 무람없는 농담에서 보이는 그 요구. 인내에서 비롯한 그의 분노는 이러한 요구들에 그 뿌리를 두고 있다.

이 영화에 부여되었던 애초의 질문에 대한 파솔리니의 대답은 간단명료했다. 전쟁은 계급투쟁으로 설명된다는 것이었다.

영화는 소련 우주비행사 가가린(Yurii A. Gagarin)의 가상 독백으로 끝난다. 우주공간에서 지구를 바라보던 그는, 멀리 떨어져서 바라보면 지구의 모든 사람들은 한 형제이며, 지구상의 모든 피의 행위는 중단되지 않으면 안 된다고 말한다.

하지만 정작 영화는 앞의 질문이나 대답과는 무관해 보이는 얘기들로 채워져 있다. 집 없는 사람의 겨울 추위에 대한 얘기. 혁명 영웅들을 떠올리면 느껴지는 훈훈함에 대한 얘기. 자유와 증오는 함께할 수 없다는 것에 대한 얘기. 웃음짓는 눈이 거북이를 닮은,

가난한 농부 차림의 교황 요한 이십삼세에 대한 얘기. 우리의 오류이기도 한 스탈린의 오류에 대한 얘기. 모든 투쟁이 다 끝났다고 생각하라 부추기는 악마적 유혹에 대한 얘기. 메릴린 먼로의 죽음과, 지나간 우매함과 다가올 야만에서 찾을 수 있을 것이라곤 어째서 잘생긴 여자밖에 없는지에 대한 얘기. 부유한 계층에게 자연이 돈으로 여겨지는 이유에 대한 얘기. 우리 어머니들과 그들의 대물림되는 눈물에 대한 얘기. 자식에서 자식으로 이어지는 것에 대한 얘기. 아무리 고귀한 승리라도 따라붙게 마련인 부정의에 대한 얘기. 칼로 뱀장어를 도막 내는 생선장수 앞에서 놀란 눈으로 어쩔 줄 몰라 하는 소피아 로렌에 대한 얘기 등….

이 흑백영화에는 이름이 소개되지 않은 두 사람의 해설자가 나온다. 실제 두 사람은 파솔리니의 친구들인, 화가 레나토 구투소 (Renato Guttuso)와 작가 조르지오 바사니(Giorgio Bassani)다. 한 사람은 성마른 해설자의 음성을 가졌고, 또 다른 한 사람은 역사학자 혹은 시인의 느낌을 주는 예언자의 목소리를 지니고 있다. 영화에서 다루어진 주요 뉴스들은, 1956년 헝가리 혁명, 두번째 임기를 수행하는 아이젠하워, 엘리자베스 여왕 대관식, 쿠바 카스트로의 승전 소식 등이다.

앞의 목소리는 소식을 전하고, 뒤따르는 목소리는 회상케 한다. 무엇을 회상케 할까. 그저 잊힌 것에 대한 회상이 아니다. 우리가 아주 어릴 적부터 의도적으로 잊으려고 한 것에 대한 회상이다. 파솔리니는 그의 유년의 기억을 전혀 잃지 않고 있다. 따라서 그가 추구하는 것에는 고통과 재미가 늘 함께한다. 우리의 망각을 부끄럽게 한다.

이 두 목소리는 그리스 비극에서의 합창처럼 기능한다. 합창단은 연극이 말하고자 하는 주제에는 영향을 미치지 않는다. 어떤 해석 같은 것도 하려 하지 않는다. 묻고 듣고 관찰하면서, 관객이 받는, 선뜻 분명하게 드러나지는 않는 어떤 느낌에 음색을 부여한다.

배우, 합창단, 관객이 함께 나누는 언어는 인간의 오랜 공통 경험이 축적되어 있는 저장고이다. 그리스 비극의 합창은 이런 사실을 알고 있기에 앞에서 말한 기능을 획득한다. 언어는 그 자체로 저 인류의 공통 경험에 대한 우리의 반응과 서로 연루되어 있기 때문에, 언어를 속이는 것은 불가능하다. 영화의 두 목소리가 자신들의 의견을 말하는 것은 논쟁을 마무리하기 위해서가 아니다. 인류에게 오랜 경험과 고통이 있을진대, 반드시 말해야 할 것을 말하지 않은 채 그냥 둔다면 부끄러울 것이기 때문이다. 만일 침묵한 채 지나간다면, 인간이라는 자긍이 약화될 것이기 때문이다.

고대 그리스에서 합창단은 전문 배우가 아닌 일반 남성 시민 중에서 뽑힌 사람으로 구성되었다. 합창단의 책임자인 코레구스(choregus)는 시민 집회인 아고라를 통해 해마다 그 도시를 대표하는 합창단원을 뽑았다. 일단 합창단원이 되면 여러 세대의 목소리를 대변해야 했다. 대중이 이미 다 인정하고 있는 일에 대한 의견을 노래하는 경우에는 할아버지 세대의 목소리가 되었다. 대중이 느끼고는 있지만 말로 표현하기가 어려운 일을 노래하는 경우에는 아직 태어나지 않은 세대의 목소리를 냈다.

마지막 한 사람의 소작농과 함께 사라져 갈 고대라는 과거와 무서운 이해타산으로 다가올 미래 사이를 불안스럽게 오가면서, 또 우리를 분노케 하면서, 파솔리니는 이 모든 역할을 단지 두 사람의 목소리만 사용하여 혼자서 해내고 있다.

낙관론이나 비관론이라는 말이 종종 조악하게 쓰이고 있음과, 이성적인 설명은 한계를 지니고 있음을 영화 곳곳에서 느끼게 된다.

영화에는, 쿠바에서 죽는다는 것(카스트로 편에서 싸운다는 것)의 의미가 유럽과 미국 최고의 두뇌들에 의해 이론적으로 설명되고 있다는 대목이 나온다. 하지만 쿠바에서의(나폴리나 세비야에서도 마찬가지지만) 죽음이 진정으로 의미하는 바는, 노래나 눈물에 담겨 있는 깊은 연민의 정으로써만 표현될 수 있다.

또 다른 장면에서 영화는, 몇몇 우리 조상들이 살았던 삶을 우리 모두가 살아갈 수 있는 자유를 꿈꾸기를 촉구한다! 그러면서 다음처럼 덧붙인다. 혁명만이 과거를 구원할 수 있다.

〈분노〉는 사랑의 영화다. 하지만 그 영화가 말하고자 하는 바의 명료함은, "선(善)은, 어떤 면에서는 마음을 불편케 한다"라는 카프카의 금언에 버금한다.

이것이 내가 파솔리니를 일러 천사 같은 사람이었다고 말하는 까닭이다.

상영 시간은 겨우 한 시간이다. 지금으로부터 사십 년 전에 만들어 시간을 재고 편집한 한 시간짜리 영화다. 이 영화가 오늘날 우리가 보는 뉴스 해설이나 우리에게 주입되는 정보와 얼마나 차별되는가 하는 것은, 한 시간짜리 이 영화를 보고 나면 지금 이 세상에서 파괴되고 멸절되고 있는 것이 동식물의 종만이 아니고 갖가지의 소중한 인간적 성품 또한 그런 지경에 처해 있다는 것을 여실히 느낄 수 있는 데 있다. 인간의 성품에는, 살충제 대신 윤리를 죽이고 역사와 정의에 대한 모든 개념을 죽이는 살윤리제(殺倫理

劑, ethicides)가 조직적으로 살포되고 있다.

　나눔과 물려줌과 위로, 애도와 희망, 이런 것들에 대한 인류의 기본적 요청으로부터 진화해 온 중요한 인간적 성품들이 특히 과녁이 되어 있다. 대중매체들로부터 이런 살윤리제가 밤낮없이 살포되고 있다.

　살윤리제는 조작자들이 원하던 것보다야 효과가 덜하고 또 그 파급 속도가 더딜지 모른다. 하지만 반드시 있어야 할 공개토론의 장을, 그런 토론의 장에 의해 표현될 상상의 공간, 꼭 필요한 그 상상의 공간을, 땅 밑에 묻고 덮어 버리는 데는 성공하고 있다. (우리의 토론의 장은 어디건 다 존재하지만 현재로서는 주변부로 밀려나 있다.) 그 토론의 장을 묻고 덮어 버린 황무지(그가 파시스트들에게 암살된 그 쓸쓸한 땅을 연상케 하는) 위에서, 파솔리니는 그의 '분노'로 우리와 하나가 된다. 이 영화야말로, 우리들 머릿속에서의 합창이 어떻게 연주될 수 있는지를 인내로 보여준 본보기라 할 것이다.

냉혹함의 거장?

(2004년 5월)

파리 마을 미술관에서 열리고 있는 프랜시스 베이컨(Francis Bacon) 전시회에 간다. 수전 손택(Susan Sontag)의 책『타인의 고통(Regarding The Pain of Others)』을 읽는다. 전시는 작가의 긴 일생을 간단명료하게 나타내고 있다. 책은 전쟁과 절단된 신체에 대해, 그리고 전쟁 사진의 효과에 대해 빼어난 천착과 통찰을 보여준다. 책과 전시가 서로에 대해 말하고 있다는 생각이 든다. 어떻게 그러한지는 아직 잘 모르겠다.

구상주의 화가 베이컨은 프라고나르(Jean H. Fragonard, 18세기 프랑스의 로코코 화가—역자)가 보여주었던 것과 유사한 간지(奸智)를 지니고 있었다. (프라고나르와 닮았다는 말에 그는 기꺼워할 것이다. 두 사람 모두 육체적 감각을 능숙히 표현해낸 화가들이었다. 한 사람은 쾌락, 다른 한 사람은 고통이라는 감각이었다.) 베이컨의 간지가 그 이후 적어도 두 세대의 화가들의 흥미를 유발하고 또 그들로 하여금 도전케 한 것은 자연스러운 일이었다. 지난 오십 년 동안 내가 그의 작업에 비판적이었던 것은, 그가 자신과 타인에게 충격을 줄 목적으로 그림을 그린다는 나름의 확신이 있었기 때문이다. 그리고 그런 작업 동기는 세월이 지나면서 차츰 바랠 것이라 생각하고 있었다. 지난주 그르넬가(街)에 전시된 그의 그림 앞을 오가면서 나는 이전에는 이해하지 못했던 어떤 것을 감지했고, 그토록 오랫동안 의심해 왔던 그 작가에게 뜻밖의 고마움을 느끼게 되었다.

1930년대말부터 사망한 해인 1992년에 이르기까지 그는 냉혹한 세계에 관심을 기울였다. 아픔과 결핍, 그리고 고뇌 속에 있는 인간의 몸과 그 몸의 잘린 조각들을 반복해서 그렸다. 거기에 드러난 고통은 간혹 밖으로부터 주어진 것처럼 보이기도 하지만, 그보다는 오히려 내부로부터, 몸속 내장으로부터, 육체됨의 불행 자체로부터 근원한 것인 듯한 경우가 더 많다. 베이컨은 신화를 만들어내기 위해 자신의 이름을 이용해 의도적인 장난을 벌였다. 그리고 그 일은 성공을 거둔다. 자신의 이름을 근거로, 스스로를 16세기 영국의 경험주의 철학자 프랜시스 베이컨의 후손이라고 주장하면서, 저민 베이컨 조각처럼 인간의 살점을 그려낸 것이다.

하지만 이런 사실들 때문에 그의 작품세계가 이전의 작가들보다 더 냉혹하게 평가된 것은 아니다. 유럽 미술의 소재는 암살과 처형과 순교로 가득 차 있다. 이를테면, 20세기 화가의 효시라 할 (그렇다, 20세기 화가다) 고야의 그림에는 화가 스스로의 분노가 드러나 있다. 베이컨의 경우는 다르다. 개인적 의견 표명도 없고 슬픔도 없다. 그의 화면 속 등장인물은 다른 등장인물에게 전혀 관심이 없다. 잘린 살점들보다 훨씬 잔인한 것이 바로 이 편만한 무관심이다.

뿐만 아니라, 그가 인물들을 배치하는 공간 역시 적막하고 말이 없다. 이 적막함은 냉장고의 냉정함을 닮아 있다. 냉장고는 그 안에 무엇을 넣었든 간에 어떤 기색도 드러내지 않는다. 베이컨의 무대는 아르토(Antonin Artaud, 20세기 전반에 활동한 프랑스 극작가—역자)의 그것과는 달리 제의적(祭儀的)이지 않다. 등장인물의 주위 공간이 그 인물의 동작을 받아들이지 않기 때문이다. 무대에 그려진 재난들 모두가 저마다 따로 발생한 사건들로 나타나고 있다.

생존 기간 동안, 그의 이런 시각은 아주 제한된 보헤미안 그룹 내에서의 과장되고 극적인 감정 표현을 통해 그 자양분을 공급받고 탐닉되었다. 그런 그룹 내에서는 어떤 사람도 그룹 밖의 일에는 개의치 않았다. 그래, 그랬다. 그랬는데, 베이컨이 마치 마술처럼 슬며시 불러내 보여주었다가 다시 쫓아내려고 애썼던 그 냉혹한 세계가 마침내는 예언적인 것으로 확인된 것이다. 반세기도 채 지나기 전에, 한 예술가의 개인적 드라마가 전체 문명의 위기를 반영할 수 있게 된 것이다. 어떻게 그리 되었을까. 불가해하다고 할밖에 없다.

생각건대, 세상은 늘 냉혹하지 않았던가. 하지만 오늘날의 냉혹함은 좀 다르다. 잦아들 줄을 모르고, 그 영향이 미치지 않는 곳이 없고, 그침이 없다. 이 행성 자체는 말할 것도 없고, 행성 안의 온갖 곳, 모든 사람들을 다 침범한다. 이윤의 추구(냉장고처럼 냉혹한)라는 오직 하나의 논리를 바탕으로 하고 있기 때문에 어떤 예외도 인정하지 않고, 추상적이다. 이 냉혹함은 자기 외의 모든 신념 체계를, 삶의 잔인함에 희망의 빛과 위엄으로 맞서려 하던 그 신념 체계의 전통을 포함하여, 위협하고 절멸시키려 한다.

다시 베이컨과 그의 작업이 보여주는 바로 돌아가 보자. 그는 선배 화가들—벨라스케스, 미켈란젤로, 앵그르, 반 고흐 같은—의

회화언어와 주제를 강박적으로 거듭 사용한다. 이런 앞세대와의 '잇댐'이야말로 그의 관점이 지닌 파괴성을 철저히 완성시킨다.

인간의 벗은 몸을 이상화해서 본 르네상스식 관점, 부활에 대한 교회의 약속, 영웅주의에 대한 고전적 개념, 민주주의에 대한 반 고흐의 19세기적 열렬한 믿음, 이런 모든 것들은 베이컨적 시각과 그 냉혹함 앞에서 갈가리 찢기고 무력화한다. 베이컨은 그 찢긴 조각들을 집어 들어, 상처를 닦아내는 솜조각처럼 쓴다. 그 동안 나는 이 점을 간과하고 있었다. 뜻밖의 일깨움이 여기에 자리하고 있었던 것이다.

이 일깨움은 하나의 깊고 정확한 이해로 우리를 이끈다. 힘있는 자들과 그들 소유의 매체에서 하는 대로, 전통적인 어휘를 써서 오늘의 세상에 '참여'하게 되면, 어둠과 파괴만을 주위에 더하게 될 뿐이라는 사실이 그것이다. 그렇다고 침묵하라는 말이 아니다. 자신이 원하는 어휘와 음색을 선택하라는 의미다.

역사 속의 우리 시대는 총체적 장벽의 시대다. 베를린에 있던 장벽 하나가 무너지자, 세상 온갖 곳에 장벽들을 쌓으려고 준비해 두었던 계획이 실행에 옮겨지기 시작했다. 콘크리트 장벽, 관료적 장벽, 감시 장벽, 보호 장벽, 인종 장벽 등이 그것이다. 이 장벽들은 지구상 어디에서건, 처절하게 가난한 사람들을 상대적으로 부유한 곳에 머물기를 경쟁적으로 희망하는 사람들로부터 분리해 놓고 있다. 작물 경작에서부터 보건에 이르기까지 이 장벽들이 가로놓이지 않는 분야는 없다. 세계에서 가장 부유한 거대도시에도 이 장벽들은 역시 존재한다. 오래 전에 쓰이던 용어인 '계급전쟁'의 최전선이 바로 이 총체적 장벽이다.

장벽의 한쪽에는 상상할 수 있는 모든 군사력이 있다. 전사자 없이 치르는 전쟁에 대한 꿈이 있다. 대중매체와 풍족함과 청결이 있고 화려함에 닿을 수 있는 여러 개의 비밀번호가 있다. 다른 한쪽에는 돌멩이와 물자 부족이 있다. 반목이 있고 복수에 불타는 폭력이 있으며 만연한 질병이 있다. 당연한 것으로 받아들여야 하는 죽음과, 죽지 않고 하루—어쩌면 일 주일—를 함께 나고자 하는 발버둥이 있다.

오늘날 이 지구상에서 어떤 의미를 선택한다는 것은, 바로 이 양쪽 중의 하나를 선택하는 것을 말한다. 장벽은 우리 모두의 내부에도 있다. 우리가 어떤 형편에 처해 있든 간에, 장벽의 어느 쪽에 맞게 자신을 조율할지를 우리 내부에서 선택할 수 있다. 선과 악을 갈라놓고 그것을 선택하게 하는 장벽이 아니다. 양쪽 모두에 선과 악은 다 같이 존재한다. 자신을 존중할 것인가 아니면 자신을 혼란스럽게 만들 것인가 사이의 선택이다.

힘있는 한쪽의 경우, 일상화한 두려움에 절어서 —결코 그 장벽의 존재를 잊지 못한다— 더 이상 아무 의미를 지니지 못한 말들을 소리로 뱉어내지도 못하고 입술만 달싹이고 있다. 바로 그런 벙어리 형용을, 베이컨은 그려낸 것이다.

그 반대쪽에는, 무수히 많고 서로 분명히 다르며 때로는 사라지는 중이기도 한 언어들이 있다. 비록 비극적인 것이라 해도, 삶에 대한 감각을 만들 수 있는 어휘를 가진 언어들이다.

내 글이 밀이면
나는 땅.
내 글이 분노라면
나는 폭풍우.

내 글이 바위라면
나는 강.
내 글이 꿀로 바뀌면
파리들이 내 입을 덮겠지.[1]
―마흐무드 다르위시

    베이컨은 한쪽 사람들의 벙어리 상태를 겁내지 않고 그려냈다. 그는 자신의 그림 안에서 다른 쪽 사람들 편에 더 가까이 다가서게 된 것이 아닐까. 극복해야 할 또 하나의 장애물로 새로운 장벽들이 부과된 그 사람들 편에…. 아마 그렇게도 볼 수 있을 것이다.

장벽 앞에서의 인내에 관한
열 가지 보고서

(2004년 10월)

1.

한밤중에 바람이 일어나니
뜻하던 바가 바람에 실려 가 버린다.
(중국 속담)

2.

가난한 사람들은 집이 없다. 그들을 길러 준 어머니와 할아버지,
또 이모나 고모의 기억이 있기에 그들에게 가정은 있다. 집은 이
야기로서가 아니라 성채로서 존재한다. 야생과 사람을 격리한다.
집에는 벽이 있어야 한다. 모든 가난한 사람들은 작은 집 하나를
꿈꾼다. 마치 휴식에 대한 꿈과 같다. 가난한 사람들은 집이 아닌
임시 거주 장소를 이리저리 만들어서, 사람들이 들끓는 노천에서
산다. 이런 삶의 장소는 그곳을 차지하고 있는 사람만큼 그 장소
자체가 주인공이다. 장소(place)는 그 스스로 살아내는 자신의 삶
이 있고, 집처럼 자신 이외의 것들을 시중들면서 살지 않는다. 바
람, 습기, 날리는 먼지, 적막, 참을 수 없는 소음(불가능해 보이겠

지만, 때로는 적막과 소음이 공존하는), 개미, 큰 짐승들, 땅에서 올라오는 냄새, 쥐, 연기, 비, 진동, 소문, 황혼, 그리고 그와 꼭같이 가난한 또 다른 사람들. 가난한 사람은 이런 것들과 함께한다. 이런 것들과 그곳에 사는 사람 사이에는 명확한 경계선이 없다. 불가분리하게 서로 뒤엉킨 채 그 장소의 삶을 함께 구성한다.

"황혼이 내리기 시작했다. 회색빛 선선한 안개에 싸인 하늘은 이미 어둠에 갇혀 가고 있었다. 겨울을 앞두고 자신의 명을 다한 밀 그루터기와 알몸을 드러낸 관목 사이를 수런거리며 하루를 보낸 바람은, 이제 대지의 적막하고 낮은 자리에 스스로를 내려놓고 있다…."[1]

가난한 사람을 전체적으로 파악하거나 통제하는 것은 불가능하다. 그 수가 지구상에서 가장 많을 뿐 아니라 어디에건 있고, 그들에 대한 언급은 극도로 제한되어 있기 때문이다. 이런 까닭에 오늘날 부유한 사람들에게 장벽 쌓기는 필수적이고 극히 중요한 일이 되었다. 콘크리트 장벽, 전자감시 장벽, 미사일 집중포화의 장벽, 지뢰와 국경 통제의 장벽, 사실을 어둠 속에 감추는 매체의 장벽 등을 쌓는 것이다.

3.

가난한 자의 삶의 대부분은 비탄으로 차 있다. 그렇긴 해도 깨달음과 고양의 드문 순간들이 있긴 하다. 사람들이 어떤 깨달음을 향하는가는 저마다 다 다르다. 꼭같은 경우는 없다. (다른 사람의 방식에 자신을 맞추는 것은 주로 부자들의 습속이다.) 고양의 순간은 사랑과 따뜻한 마음을 통해, 있는 그대로의 자신이 인정받고 요구받고 또 포옹받는 그런 위로를 통해 와 닿는다. 그 밖의 경우

라면 다른 무엇보다도, 인간은 무언가를 섬기며 살아가는 존재라
는 직관적 믿음에 의해 고양되는 순간을 들 수 있다.

"나자르, 내가 잘 모르고 있는 걸 일러 줘. 가장 중요한 게 뭔지
말해 줘."

아이딤은 석유를 아끼기 위해 램프의 심지를 줄였다. 그녀는,
인생에는 다른 무엇보다 더 중요한 어떤 미지의 것이 있기 때문에
마주치는 모든 선한 것을 주의 깊게 살펴야 함을 알고 있었다.

"아이딤, 정말 중요한 게 뭔지는 나도 잘 모르겠어." 차가테프
가 말했다. "생각해 본 적이 없어, 정말 시간이 없었거든. 하지만
우리가 이 세상에 태어난 한, 진정 중요한 것이 반드시 있을 거라
고 생각해."

그 말에 아이딤은 고개를 끄덕였다. "중요한 일은 사실 그리 많
지 않아. 중요하지 않은 일들이야 지천이지만…."

아이딤은 저녁을 준비했다. 부대에서 납작한 빵을 하나 꺼내 양
기름을 바른 뒤 두 조각으로 나눴다. 큰 조각을 차가테프에게 주
고 자신은 작은 쪽을 집었다. 희미한 램프 불빛 속에서 둘은 빵조
각을 씹었다. 사막과 우스트 유르트에는 고요와 어둠과 무언가 모
호함이 자리하고 있었다.[2]

4.

거의 비탄으로 채워진 삶 속으로 때때로 절망이 찾아든다. 절망은
배신당했다고 느꼈을 때 뒤따르는 감정이다. 희망(약속이라는 말
에는 이르지 못한)이 희망과 버성겨 다른 희망을 무너뜨리고 또
스스로 무너지기도 한다. 영혼에서 그런 희망이 차지하고 있던 자
리를 절망이 대신 채운다. 따라서 절망은 허무주의와는 무관하다.

우리 시대의 경우, 허무주의란 이익의 추구보다 더 높은 어떤 종류의 가치도 받아들이기를 거부하는 태도를 말한다. 이익의 추구를 사회활동의 궁극적인 목표로 생각한다. 따라서 허무주의는 정확히 말해 세상의 모든 것이 가격을 가지고 있다는 믿음이다. 허무주의는 가격이 전부라는 주장 앞에서의 체념과 굴종이다. 그것은 인간의 비겁함을 가장 현재형으로 보여주고 있다. 하지만 가난한 사람들은 이런 허무주의에 쉽게 굴복하지 않는다.

"그는 자신의 살과 뼈를 탄식하기 시작했다. 지난날 그의 어머니가 궁핍한 육신으로부터 그를 위해 그러모아 만든 것이었다. 사랑과 열정 때문도 아니었다. 쾌락 때문도 아니었다. 오직 매일의 가장 절절한 필요 때문에 그러모은 살과 뼈였다. 그는 자신이 누군가에게 매여 있음을 느꼈다. 자신이 마치 아무것도 갖지 못한 사람들의 마지막 소유물처럼, 아무 목적도 없이 이내 소모되고 말 그런 소유물처럼 느껴졌다. 그러면서 그는 여태껏 살아오는 동안 가장 크고 가장 격심한 분노를 느꼈다."[3]

〔인용되고 있는 글에 대해 조금 말해야겠다. 러시아의 위대한 작가 안드레이 플라토노프(Andrei P. Platonov, 1899-1951)의 소설을 로버트 챈들러(Robert Chandler)가 아주 훌륭하게 영역한 글들에서 인용한 것이다. 플라토노프는 러시아 내전 당시 발생했던 빈곤과, 그후 1930년대초에 있었던 소비에트 농업 부문의 강제 집단화에 의한 빈곤에 대해 썼다. 이 시기 러시아에 있었던 빈곤의 양상은, 희망이 완전히 파괴된 비참함 그 자체라는 점에서 지난 시기의 빈곤과 구별된다. 지쳐서 스러졌고, 다시 일어나 비틀거리며 걸었다. 배반당한 약속과 박살난 말들의, 지천으로 널린 파편 사

이를 헤쳐 나아갔다. 플라토노프는 '두셰브니 베드냑(dushevny bednyak)'이라는 말을 자주 썼는데, 직역하면 '가난한 영혼'이란 뜻이다. 모든 것을 다 빼앗긴 사람들을 이르는 말로, 그들 속에는 공허함만이 가득했고, 영혼 외에는 아무것도 남아 있지 않았다. 여기서의 영혼이란, 이를테면 무언가를 느끼고 무언가에 고통받는 능력을 이른다. 그의 글은 그런 비통함을 더 심화시키지 않았고 무언가 구원을 이루어냈다. "우리의 이 추악한 상황으로부터 세계의 심장이 자라날 것"이라고 그는 1920년대초에 쓰고 있다.

오늘날의 세계는 또 다른 형태의 현대적 빈곤으로 고통받고 있다. 통계 숫자를 인용할 필요가 없다. 이미 많이 알려졌고, 그 숫자를 되풀이하는 것은 통계학적 장벽을 하나 더 만들어낼 뿐이다. 세계 인구의 반 이상이 하루 이 달러 이하의 돈으로 살아가고 있다. 개개의 고유문화들은 삶의 괴로움에 대응하는 그들 자신의 치유법—육체적 치유법과 정신적 치유법을 통틀어—을 포함하여, 체계적이고도 철저하게 파괴되고 공격당하고 있다. 새로운 통신 기술과 수단, 자유시장경제, 과잉 생산, 의회민주주의는 적어도 가난한 사람들에 관한 한, 그 말들에 담긴 약속을 지키는 데 실패하고 있다. 단 하나 약속을 이행한 것이 있다면 싼값의 상품을 생산한 것이지만, 이런 상품 역시 가난한 사람들은 도둑질을 하지 않고는 구매할 수가 없다.

플라토노프는 내가 만난 어떤 작가보다 현대의 이 빈곤에 대해 깊이 이해하고 있었다.]

5.

글을 쓰는 작가 자신이나 그 글의 주인공보다 삶의 의미에 대해 더 잘 알고 있는 사람들이 어딘가에 있어 그 글을 읽게 될 것이라는 확신이야말로, 가난한 사람들 사이에서 글을 쓸 때의 가장 큰 무기이다. 힘있는 자들은 글을 쓸 수 없다. 자만은 글의 적이다. 그리고 아무리 사소한 글이라 하더라도 글은 두려움이 없어야 한다. 오늘날 힘있는 자들은 불안과 걱정 가운데서 살고 있다.

글은 멀리 떨어져 있는, 대안적이며 보다 궁극적인 판단자를 상대로 삶에 대해 말한다. 그 판단자는 미래에 있을 수도 있고, 지금도 깨어 있는 과거의 판단자일 수도 있다. 혹은 운명이 바뀌어(가난한 사람들은 행과 불행이라는 운명에 곧잘 의존할 수밖에 없다) 마지막 자리에서 첫 자리로 옮겨 간, 저 언덕 너머의 판단자일 수도 있다.

글의 시간(글 안에서 다루어지는 시간)은 일직선으로 진행되지 않는다. 글의 시간 안에서 산 자와 죽은 자는 독자와 판단자로 서로 만난다. 그렇게 상정된 독자의 수가 많으면 많을수록 글은 개개의 독자에게 더욱 **친근해지고 가까워진다**. 글의 행위는 정의가 임박했음에 대한 믿음을 서로 나누는 하나의 방법이다. 그런 믿음을 바탕으로 하여 아이들과 여인들, 그리고 남자들은 어떤 순간이 오면 놀라운 맹렬함으로 싸움에 임할 것이다. 독재자들이 글을 두려워하는 이유가 바로 이것이다. 모든 글은 조금씩 차이는 있겠지만 저마다 독재자의 몰락에 대해 말하고 있다.

"어디를 가건 이야기를 하나 해주겠다고 말하기만 하면 됐다. 그러면 사람들은 그를 하룻밤 묵게 해주었다. 이야기 하나가 러시아 황제 한 사람보다 더 강했다. 그가 저녁식사 전에 이야기를 시작하면 시장기를 느끼는 사람이 없었고, 그에게 먹을 것을 갖다 주는 것도 잊어버렸다. 그래서 그 늙은 병사는 언제나 수프 한 그

룻을 먼저 시켜 두고 시작했다."[4]

6.

인생에서 가장 잔인한 것이 있다면 부정의일 것이다. 그것은 사람을 지쳐서 죽게 한다. 거의 모든 약속은 깨졌다. 가난한 사람들의 고난에 대한 수용은 수동적인 것도 체념도 아니다. 고난 너머를 응시하면서 거기서 무언가 이름 없는 것을 발견해내는 수용이다. 약속을 발견하는 것이 아니다. (거의) 모든 약속이 깨졌기 때문이다. 그들이 발견하는 것은 차라리 괄호 같은, 그것이 없다면 역사는 무자비한 흐름이 되고 마는 괄호와 같은 어떤 것이다. 이런 괄호가 모두 모이면 그것이 바로 영원이다.

거꾸로 이렇게도 말할 수 있을 것이다. 정의에 대한 동경이 없다면, 이 세상에서 행복이란 존재하지 않는다고.

행복은 추구되는 것이 아니다. 그것은 어떤 만남이다. 대부분의 만남은 하나의 흔적을 남긴다. 만남 뒤의 약속이 그것이다. 행복과의 만남에는 흔적이 없다. 그저 순간으로만 존재한다. 행복은 슬픔을 꿰뚫어 버리는 그 무엇이다.

"이미 오래 전에 모든 것이 사라져 버렸고 세상에는 아무것도 남지 않았다고 생각했어요. 남아 있는 사람이 우리뿐이라면 어떻게 살아야 할까 고민했어요."

"어딘가에 우리 말고 다른 사람이 또 있을지 한번 확인하고 싶었어요." 알라의 말이었다.

무슨 말인지 알아들은 차가테프는 그렇다면 인생에 대해 확신을 가지고 있는지, 또 더 이상 죽지 않는지를 물었다.

체르케초프가 말했다. "죽음은 아무런 쓸모가 없어요. 아마 당신은 한 번의 죽음이 꼭 필요하고 유용한 어떤 것이라고 생각하고 있겠지요. 하지만 한 번 죽는다고 해서 당신 자신의 행복을 이해하게 되지는 않아요. 그리고 누구도 두 번 죽을 수는 없지요. 따라서 죽음이란 아무 의미가 없어요."[5]

7.

"부자들이 양고기를 먹고 차를 마시는 동안, 가난한 사람들은 날이 따뜻해지기를 기다리고 들작물이 자라기를 기다리고 있다."[6]

계절들이 서로 다른 것은 밤과 낮, 맑은 날과 비 오는 날이 다른 것처럼 확연하다. 시간은 수없는 변화와 혼돈 속을 흐른다. 그로 인해 인생의 시간은 실제로 또 주관적으로 짧아진다. 인생은 순식간이다. 어떤 것도 영속하지 못한다. 탄식 같은 이 말은 기도이기도 하다.

"(어머니는) 자신이 죽어 자식들이 아픈 마음으로 애도하게 되리라는 것에 깊은 슬픔을 느꼈다. 할 수만 있다면 영원히 살아 어느 누구도 자기 때문에 고통받거나, 그 자신이 낳아 준 몸과 마음을 소모하게 하고 싶지 않았다…. 하지만 살 수 있는 날이 그리 많이 남지 않았다."[7]

지키고 돌보아야 할 그 어느 것도 남지 않은 그때 죽음은 온다.

8.

"…행복과 슬픔 모두에서 놓여나 세상에 혼자 있는 듯한 기분이었다. 그녀는 그 자리에서 당장 춤추고 싶었고, 음악을 듣고 싶었고, 다른 사람들과 손잡고 싶었다…."[8]

가난한 사람들은 서로서로 붙어서 비좁게 사는 데 익숙하고, 이런 삶은 그들 고유의 공간감각을 만든다. 공간은 공허한 비어 있음이 아니라 하나의 교환이다. 어떤 사람들이 다른 사람들을 내리누르며 살게 되면, 그들이 하는 모든 행동은 눌린 사람들에게 나쁜 후유증을 남긴다. 즉각적이고도 구체적인, 나쁜 영향이다. 모든 아이들이 이런 사실을 안다.

공간 문제에 대한 타협은, 그것이 사려 깊거나 잔인하거나, 설복시키거나 지배적이거나, 그저 생각 없이 행해지거나 면밀한 계산 아래 이루어지거나, 끝없이 연면히 이어져 왔다. 그러나 그 타협은 추상적인 교환이 아니라 물리적인 주거공간을 대상으로 한 상호교환이다. 가난한 사람들이 몸짓이나 손짓 등으로 표현하는 정교한 신호언어는 이런 물리적 공유의 한 표현이다. 집의 벽 바깥에서는 공동 작업도 싸움만큼이나 자연스럽다. 재산에 대한 사기와 편취 행위는 그런 공동 작업의 흔한 예에 속한다. 드문 것으로는 남의 눈을 피해야 하는 비밀의 사랑을 들 수 있다.

'사적인(private)'이라는 단어는 벽을 사이에 두고 완전히 다른 의미를 지닌다. 한쪽에서는 재산을 의미한다. 다른 한쪽에서 그것은 한동안이라도 혼자 있을 수 있음에 대한 감사를 의미한다.

선택할 수 있는 공간 또한 제한되어 있다. 가난한 사람은 부자만큼이나 선택하고, 어쩌면 더 많은 선택을 할지도 모른다. 선택하면 할수록 점점 더 팍팍해지기 때문이다. 그들에게는 백일흔 가지의 색 중에서 마음대로 고를 수 있는 컬러 차트가 없다. 선택은 이것 아니면 저것 중에서 이루어진다. 때때로 그 선택은 선택에서 제외된 것에 대한 거부를 수반하면서 아주 격렬하게 이루어진다. 선택 하나하나가 희생에 아주 가까이 다가가 있다. 그런 선택들을 모두 모으면 그것이 바로 한 인간의 운명이 된다.

9.

발전(development, 장벽의 다른 쪽에서라면 마치 하나의 신앙강령처럼 대문자 'D'로 시작될 단어인)도 보험도 없다. 개방된 미래도, 신뢰할 수 있는 미래도 없다. 사람들은 미래를 기다리지 않는다. 하지만 이어짐은 있다. 세대는 다음 세대와 연결된다. 마찬가지로 연장자에 대한 존경도 있다. 노인은 그 이어짐에 대한 증인이자, 오래 전 언젠가에 하나의 미래가 있었다는 증표이기 때문이다. 아이들이 바로 미래다. 충분한 먹을거리가 있을지, 부모들이 받지 못한 교육을 받을 기회가 있을지를 확인하기 위한 끊임없는 투쟁이 그 미래를 가득 채운다.

"이야기를 마치자 팔을 둘러 서로를 껴안았다. 그들은 지금 당장의 행복을 원했다. 열정적으로 일해서 얻게 될 미래의 행복에는 관심이 없었다. 그것이 개인적인 것이든 통상적인 것이든. 심장은 유예를 허락지 않았고, 아무것도 믿을 수 없다는 듯이 열병을 앓고 있었다."⁹

미래의 유일한 선물은 성적 욕망이다. 미래는 그 욕망이 분출하는 물줄기를 미래 자신에게 향하도록 한다. 가난 속의 젊음은 장벽 저쪽에 있는 젊음보다 도덕 규준에 더욱 배치되는 젊음이다. 성적 욕망이라는 선물은 참을 수 없는 급박함과 극히 강한 믿음 속에서, 자연의 선물로서 스스로를 드러낸다. 종교법과 사회법은 여전히 적용된다. 실상 혼돈이 실재보다 더욱 명백하건만, 이 법들은 구체적으로 존재한다. 그렇다 해도 종족 번식에 대한 말없는 욕망의 힘은 어떤 것에도 비길 수 없이 압도적이다. 이 욕망은 아이들을 위해 식량을 찾아 나서게도 하고, 그런 후에는(빠르면 더 좋겠지만) 다음 성교를 통해 얻게 될 위안을 찾아 나서게 한다. 미래의 선물은 이렇다.

10.

아직 제기되지 않은 물음에 대한 답을 지니고 있는 사람들은 수를 헤아릴 수 없이 많다. 그들에게는 저 장벽보다 오래 살아남을 역량이 있다.

물음이 제기되지 않은 까닭은 간단하다. 진실된 말과 개념이 있어야 물음을 던질 수 있지만, 현재 쓰이는 말들은 무의미하게 내뱉어지는 것들이기 때문이다. 민주주의, 자유, 생산성 등이 그런 말에 속한다.

그 질문은 새로운 개념과 함께 조만간 제기될 것이다. 역사는 그런 질문의 과정을 정확하게 진전시켜 왔기 때문이다. 조만간 언제쯤이 될까. 한 세대 안에 가능할 것이다.

그런 반면, 삶을 제대로 꾸려 나가기 위해 애쓰는 그 무수한 사람들의 무수한 창의력 속에서 해답은 풍부히 제시되고 있다. 서로를 갈라놓는 국경선에의 거부, 장벽에 구멍을 내기 위한 시도, 아이들에 대한 사랑, 순교자가 되어야만 할 때를 위한 흔쾌한 준비, 삶이 주는 선물은 작지만 고귀하다는 사실에 대한 끊임없는 확인 등이 그 해답들이다.

오늘밤 잠들기 전, 손가락으로 상대의 머리카락을 쓸어 주어 보라.

살과 말

"모두가 기절할 정도로 놀랐다. 일렁이는 불빛이 보였고, 화재가 날 듯했다. 처음에는 객차 문을 열 수도 없었다. 겨우 차 밖으로 나왔더니 터널 안에는 심하게 다친 사람들이 즐비했다." 2005년 7월 7일 오전 아홉시, 앨드게이트로 향해 가던 런던 순환노선 지하철 승객 중 한 사람이었던 로이타 월리의 글이다.

지하 공간은 피난처가 되기도 하지만 아무것도 할 수 없는 무력한 공간이기도 하다. 터널 역시 탈출로가 되기도 하지만 참혹한 덫이 되기도 한다. 터널이 봉쇄되면 사람들은 질식사한다.

이른 아침, 대중교통을 이용하여 일터로 나가던 사람들에게 폭탄을 터뜨린 것은, 아무런 방어수단도 갖지 못한 사람들을 숨어서 공격한 부끄러운 행위다. 희생자들은 자살폭탄 테러범들보다 더 많은 고통을 훨씬 더 오래 받았다. 그리고 그 고통은 희생자들로 하여금 이 사건에 대한 견해를 밝힐 명백한 권리를 확실히 가질 수 있게 한다.

하지만 정치가라는 인간들이 멀리서부터 달려와(회의가 열리던 스코틀랜드의 휴양도시 글렌이글즈에서 런던까지 왔다), 자신

들의 이름으로 스스로의 이익을 위해 지껄여 댔다. 지독하게 단순
화하고 의도적으로 혼란케 하는, 그 무엇보다 그들 자신을 정당화
하고 자신들의 과거를 정당화하기 위한 말들이었다. 그들이 지난
날에 저지른 그 끔찍한 과오들은 전혀 반성하지 않고서 말이다.

싸매 주고 위로해 주고자 왔다고 하는 그 희생자들의 죄 없는 상
처와 고통마저도, 저들로 하여금 조금도 머뭇거리게 하지 못했다.
그리하여 단 한순간의 주저함도 찾아볼 수 없었다.

"눈을 감고 바깥에 무슨 일이 일어났는지를 생각하고 있었다.
모든 전등이 나가 버렸고 운전자로부터는 어떤 안내의 말도 들을
수 없었다. 우리 승객들은 대체 무슨 일이 일어났는지 불안해 했
다."(피오나 트루먼, 피카딜리 노선에서)

폭발의 충격을 겪으면서 그곳에 있었을 친지에 대한 소식을 숨
죽이며 기다리는 고통을 당해야 했던 런던 시민이 보여준 차분함
은, 한 해 전 마드리드 시민이 보여주었던 차분함이 그랬던 것처
럼, 그 사태를 지켜보고 있던 세계를 놀라게 했다. 이런 차분함은
맑게, 또 무엇보다 정확하게 이 일에 대해 사고할 수 있도록 고무
해 준다. 스페인에서는 여러 상황들이 그런 정확한 사고가 가능하
도록 해주었는데, 새로 들어선 정부는 첫 업무로 이라크에 파견한
스페인군을 철수시켰다. 스페인 사람들 대부분이 극렬히 반대하
던 전쟁이었다.

런던은 달랐다. 해방시키겠다고 공언한 그 나라에서 혼란과 폐
허 외에는 아무것도 이루어내지 못한 그 전쟁의 명백한 실패에도
불구하고, 일터로 향하던 소박한 일반 시민들이 겪은 잔인한 고통
은 총리와 정부의 완고함을 더욱 강화시켰을 따름이다. 모두의 반
대를 무릅쓰고 불필요한 전쟁으로 나라를 끌고 갔던 그들이었다.

폭발이 일어난 날 아침, 블레어 총리는 다우닝가(街)에서 이렇게 선언했다. "(테러범들은) 우리가 하고자 하는 일을 하지 못하게 겁주고 우리의 업무를 중단시키려는 목적을 이루기 위해 무고한 사람들을 학살하고 있다…."

알 카에다는 이라크 침공 이전부터 준동하고 있었으므로 바그다드나 팔루자에서의 전투가 런던 폭탄 테러와 무관하다고 주장하는 사람들은, 그릇된 믿음 가운데서 그런 주장을 펴는 것이다. 있지도 않은 대량살상무기에 대해 거짓말을 하도록 부추기는 것도 그런 그릇된 믿음이다. 이라크전 이전에 빈 라덴이 서방에 대한 공격을 계획한 것은 분명한 사실이지만, 이라크에서 일어나고 있는 전쟁과 거기서 일어났던 일과, 지금 일어나고 있는 모든 일들은 알 카에다에게 새로운 지원자만 계속 공급할 뿐이다. 영국 군사정보부 제5부(MI5)의 책임자 엘리자 매닝엄 불러(Eliza Manningham-Buller)는 "이라크전의 결과로 등장할 또 다른 광신자 세대"의 위험에 대해 다른 지 에이트(G8) 국가들에게 경고했다고 전해진다. 자신이 무엇을 말하고 있는지를 그녀 스스로 알고 있었음은 쉽게 짐작할 수 있다.

이 잔인하고 충격적인 테러는 영국 총리가 의장이었던 2005년 지 에이트 정상회의 시기에 맞추어 계획되었다. 그 회의에서 논의된 사항들 역시 서로서로 동떨어진 얘기가 아니라 동일한 얘기의 다른 부분에 속한다. 이런 맥락에서 볼 때, 연구되어야 할 것은 코란이 아니라 부자 나라와 부자 기업들의 행태다. 저 기업들은 자신들의 이익 극대화에 방해가 되는 모든 목표물에 대해 지속적인 '지하드(聖戰)'를 벌여 왔다.

편리하게도, 이라크전에 관련된 사항은 이 지 에이트 회의 의제에서 빠져 있다. 지구온난화와 아프리카 빈곤 문제에 대한 대응 방안의 합의가 우선 의제였다.

이 회의에 즈음하여 세계 여러 곳에서 많은 사람들—경제학자, 록 가수, 생태학자, 음악가, 종교 지도자들—이 이전과는 다른 결정을 내려 줄 것을, 또 지구의 앞날을 개선할 수 있는 어떤 변화를 보여줄 것을, 양심과 연대의 이름 아래 한목소리로 촉구했다. 그래서 과연 어떻게 되었던가. 마치 넝마주이처럼 저들의 수사(修辭)를 이리저리 다 뒤져 보고 난 뒤의 답은, 거의 아무것도 건질 게 없다는 것이다. 통계수치가 추는 잠깐의 춤뿐이었다. 하지만 일정한 양을 모아야 돈이 되는 넝마주이의 가격 산정 방식으로 본다면 전혀 아무것도 없었다. 왜일까.

극단적 광신주의는 유일 도그마에 동반된 맹목에서 비롯한다. 이익의 달성이 인류를 이끄는 원리가 되어야 한다는 것이 지 에이트의 도그마다. 그 교조(敎條) 앞에서 과거의 전통이나 미래의 꿈 따위는 헛소리로 치부되어 모두 희생되어야만 한다.

이른바 테러와의 전쟁은 실상 두 광신 집단 간의 전쟁에 다름 아니다.

그 둘을 하나로 묶어 말하는 것은 아주 부적절해 보인다. 하나는 신정주의(神政主義)를 신봉하고, 다른 하나는 실증주의적이고 세속적이다. 하나는 방어적인 소수가 지니고 있는 믿음이고, 다른 하나는 형체는 모호하지만 확신에 찬 엘리트 집단이 지니고 있는 의문을 불허하는 장악력이다. 하나는 죽이려 들고, 다른 하나는 약탈하고 방치하고 사람들을 스스로 죽게 한다. 한쪽은 아주 경직되어 있고, 다른 한쪽은 방약무인(傍若無人)하다. 한쪽은 철저히 토론과 고립되어 있고, 다른 한쪽은 세계 구석구석과 '소통' 하면서 '장황한 말'을 흘리고 있다. 한쪽은 아무 죄 없는 피를 흘리게 할 권리를 주장하고 있고, 다른 한쪽은 지구의 모든 물을 팔아먹을 수 있다는 권리를 주장한다. 이렇게 비교해 보니 또 얼마나 허황하고 폭력적인가!

하지만 정작 런던의 피카딜리 노선과 순환노선에서, 또 30번 버스에서 일어난 **폭력**은, 아무런 방비 없는 수천 명의 사람들에게 닥친 전혀 뜻밖의 불행이었다. 살기 위해 몸부림치던 사람들, 자신들의 의도와는 전혀 무관하게 저 두 광신주의의 십자포화에 노출된 자신들의 생명에 괴로워하던 사람들에게 닥친 불행이다.

"교조적인 광신자들은 꿈꾼다. 자기 분파만의 낙원을 건설할 꿈을." 시인 키츠(John Keats)는 이렇게 썼다. 아무런 분파에도 속하지 않은 우리 모두는 저 높은 낙원에서 살기를 원치 않는다. 그저 이 땅 위에서 함께 살기를 원한다.

단절에 관하여

(2005년 9월)

질문이 답이나 설명보다 더 시의적절한 경우가 종종 있다. 내가 지금 묻고자 하는 것이 이런 종류에 속할 것인지는 자신이 없다. 고지식하고 순진한 질문이라는 느낌이 들기 때문이다. 그럼에도 불구하고 함께 질문해 보고 싶다.

지난 구월, 그 피해의 후유증과 고통이 향후 수년은 지속될 뉴올리언스의 대참사를 지켜본 미국과 세계 여러 나라의 사람들은, 현재 세계 제일위의 초강대국을 이끌고 있는 지도자들인 부시와 체니, 럼스펠드와 라이스, 로브 등의 경력과 배경에 대해 다시 점검해 볼 기회를 갖게 되었다.

그리하여 이전에 지니고 있던 생각은 겨우 하룻저녁 만에 바뀌고 말았다. 역사라는 추진체는 우리를 좌석에 앉혔다. 그리고는 급히 연료 분사구를 열어 앞으로 전진했다. 같은 시간, 뉴올리언스 축구 경기장 슈퍼돔에는 이만 명의 사람들이 절망적인 모습으로 갇혀 있었다.

카트리나—마치 신의 현현인 양 모든 사람이 그 허리케인을 일러 부르는 이름인—는 여러 가지 사실들을 드러내 주었다. 미국

118

내에 심각하고 비참한 가난이 점점 더 많아지고 있다는 사실, 혹인들은 환영받지 못하는 이급 시민으로 취급되고 있다는 사실, 공공 부문에의 조직적인 투자 삭감으로 인해 광범한 사회 불균형과 빈곤이 초래되고(질병이나 사고 시에 아무런 도움을 받을 수 없이 방치된 사람이 사천만 명이나 된다) 있다는 사실, 이른바 테러와의 전쟁으로 인해 행정관리 능력이 대혼란 상태에 빠져 있다는 사실, 마지막으로 이런 것들 안에서 또 이런 것들에 반대하여 저항의 목소리가 더욱 분명해지고 높아지고 있다는 사실이다.

하지만 위에서 말한 경우들에 직접 연관되어 있거나 관심을 갖고 있던 사람들은 카트리나 이전에도 이미 이 모든 사실을 분명히 알고 있었다. 카트리나가 가져온 변화라 한다면, 매체를 그 장소로 불러들여 실제 거기서 어떤 일이 일어났는지를, 또 재난을 당한 사람들의 격분을 생생히 보여주었다는 점이다. 역사상 전무후무한 일이었다. 카트리나는 엄청나게 난폭한 몸짓으로 더께 앉은 캄캄한 화면을 닦아내, 아주 잠시 동안 명료한 상을 보여준 것이다.

지금까지 수많았던 멕시코만(灣)의 그 카트리나 희생자들이, 혹독하고 범죄적인 전쟁의 결과로 죽어 간 수십만의 이라크 사람들을 대변하는 것은 아니다. 어떤 비의적인 방식을 통해 그들과 더불어 얘기하고 있는 모양새다. 미국 언론에서는 카트리나와 이라크가 되풀이하여 함께 다루어지고 있다. 카트리나의 경우, 정규적으로 매 시간마다 다루어진다는 점이 약간 다를 뿐이다. 멕시코만에 영향을 준 일상적인 기상 상황에 속하기 때문이다. 카트리나는 아프가니스탄에 숨어 있지 않았다. 냉혹한 점에서야 같지만, 이른바 악의 축에 속하지도 않았다. 미국인의 삶과 재산에 대한 단순한 자연의 위협이었고, 또 그것은 루이지애나를 향해 가고 있었다.

카트리나가 몰고 온 도전에 응하고, 희생자들에게 필요한 것을 예견하며, 이어질 고통과 공황 상태를 최소화하는 것 등은 대통령과 그 참모들의 이익(국가적 이익과 함께)에 직결되는 문제였다. 그들, 다시 말해 정부가 만일 이 일에 실패한다면 그들은 그 누구도 비난할 수 없다. 비난받아야 할 사람들은 그들 자신이다. 어린 아이도 이런 사실은 충분히 알고 있었다. 그런데 그들은 철저히 실패했다. 기술적이며 정치적인 실패이자 감정적인 실패였다. "뭐 별것도 아닌 일인데." 도널드 럼스펠드가 중얼거린 말이다.

이 미국 행정부가 미쳤노라고 말할 수도 있을까. 이것이 나의 순진한 질문이다. 하지만 잠시 멈추자. 이제까지는 전혀 볼 수 없었던 새로운 것이기에, 이런 미친병의 한 변종에 대한 정의를 시도해 보자. 이를테면 이 변종은, 불타고 있는 로마를 보면서 아무렇지도 않은 듯 놀이에 열중했던 네로의 것과는 전혀 다르다. 어떤 종류든 간에 광병(狂病)이란 현실과의 심각한 괴리를 의미한다. 혹은 보다 적확하게 표현하여 삶과의 단절을 의미한다.

지금의 이 변종은 두려움과 자신감 사이의, 또 위협받는 상황과 최강 상태 사이의 관계성에 주목하게 한다. 이 병의 경우, 그런 상반된 두 상태 사이에서 타협하는 법은 없다. 둘 사이에 장치된 스위치처럼, 하나를 켜면 다른 하나는 꺼지는 식으로 이 광병은 작동한다. 이 병이 왜 심각한가. 삶을 그 다양함과 복합성 속에서 정상적으로 살피고 관찰하려면, 두려움과 자신감 사이에서 긴 세월 동안 타협을 거쳐야 하기 때문이다. 그런 타협을 통해야만 당면한 문제를 파악할 수 있다. 둘 가운데 하나만을 택해야 하는 이 양자택일의 '미친병'은 이런 사실을 외면해 버린다.

이 년 전, 항공모함 에이브러햄 링컨호 위에서 부시 대통령은 이라크에서의 작전은 종료되었다고 선언했다.

어떻게 보면 이 양자택일적 고통과 재앙은 증권시장의 메커니즘을 그대로 닮아 있다. 거기서는 사자와 팔자, 황소와 곰, 상승장과 하락장밖에 없다. 그 밖의 모든 것은 어디든 언제든 별 의미가 없다.

월가의 증권분석가들은 멕시코만의 재앙으로 인한 석유 부족으로 텍사스 석유 기업의 이윤이 증가할 것이란 예상을 내놓았다.

카트리나가 덮친 후 닷새째가 되어 이윽고 이 황폐해진 도시에 도착한 부시 대통령은, "제방 붕괴를 예상한 사람이 있었다고는 생각지 않는다"라고 말해 기자들을 놀라게 했다.

같은 날 허리케인이 쓸고 간 작은 마을 빌럭시에서는 대통령이 비행기로 도착하기 두 시간 전부터 대통령 일행이 지나갈 통로에 널려 있는 쓰레기와 깨진 파편, 널브러진 시체 등을 치우느라 여념이 없었다. 그로부터 두 시간 후 모든 것을 이전과 전혀 다름없이 놔둔 채 대통령 일행은 떠나 버렸다. 그들 외의 다른 모든 존재는 별 의미가 없는 것이다.

이런 비정하고 냉소적인 상황에 너무 얽매여 생각에 빠지면 정작 중요한 사항을 놓쳐 버린다. 대통령의 방문은 다음과 같은 선언의 서곡으로 기능하는 하나의 예정된 작전이었다. "우리는 다시한번 세계에 보여줄 것이다. 미국에서는 최악의 상황에서 최선의것이 만들어진다는 것을." 하나의 스위치가 켜진 것이다.

현 미국 정부의 계산 방식은 기업의 전 지구적 이익과 최고 부자들의 생존에 밀접히 연동되어 있다. 오늘날 그 최고 부자들 역시두려움과 자신감 사이에서 끊임없이, 또 예측 불가능하게 동요하고 있다.

기업 이윤을 대변하는 대표 발언자요, 부시 주식회사가 부자들의 이익을 위해 행한 세제 개혁을 귀기울여 경청하는 인사인 경제학자 그로버 노퀴스트(Grover Noquist)는 다음과 같이 당당하게 발언한다. "정부를 없애자는 게 아니다. 다만 욕실로 끌고 가 욕조 안에 빠뜨려 버릴 수 있을 정도로만 그 덩치를 줄이려는 것이다."

정부의 역할에 대한 최소한의 기대치로부터의 방기와 삶에 대한 무지—이 지구를 지배할 수 있다고 믿는 사람들의 속마음에서 이런 것들이 발견될진대, 광병이란 부를 수 있을 어떤 단절로 우리는 치달아 가고 있지나 않은지.

모든 정치 지도자들은 때로 진실을 회피한다. 하지만 여기서의 단절은 그것과는 차원이 다르다. 모든 발언과 모든 정책적 고려 속에 조직적으로, 또 시도 때도 없이 나타나고 있다. 너무 서투르고 무능한 것이다. 아프가니스탄에서의 작전은 실패했고, 이라크에서의 전쟁은 (세간의 말들처럼) 이란에게 졌으며, 카트리나는 미국 역사상 최악의 자연재해가 되도록 방치되었고, 테러리스트의 준동은 증가 일로에 있다.

내 휴대전화에 통신 회사 '오렌지'로부터 메시지가 하나 도착했다. 집을 잃고 고립되어 있는 루이지애나 이재민들을 돕기 원하는가, 그러면 'FLOOD'(홍수)라는 단어를 찍어라, 오 달러가 당신 구좌에서 빠져나가 구호 단체에 바로 입금된다고 써 있었다.

이제 나는 우리 모두를 향해 이런 문자 메시지를 보내고 싶다. "지구를 지배하는 힘이, 아무것도 모르는 자들의 저 무감각한 손에 얼마나 더 오래 놓여 있어야 한단 말인가.(HOW MUCH LONGER GLOBAL POWER IN D NUMB HAND OF DOSE WHO KNOW NUTHIN)"

장소에 관한 열 가지 보고서

(2005년 6월)

1.

누군가 내게 묻는다. 아직까지 마르크스주의자냐고. 자본주의가 보여준 이른바 이윤의 추구에 의해 오늘날처럼 광범위하고 극심한 파괴가 자행된 적은 지난 역사에서 없었다. 이런 사실을 모르는 사람은 거의 없다. 그럴진대, 그 파괴와 재난을 예고하고 분석했던 마르크스에게 어찌 주목하지 않을 수 있을까. 너무도 많은 사람들이 자신들의 정치적 입장을 송두리째 상실하고 있다는 것으로 나에 대한 저 물음의 답을 대신할 수 있을 것이다. 지도 한 장 지니지 않은 그들은 자신이 어디로 향하는지를 모르고 있다.

2.

사람들은 매일매일을 자신의 본향(本鄉) 쪽이 아닌, 어떤 밖으로부터 정해진 목적지를 가리키는 표지판을 따라가고 있다. 도로 표지판, 공항의 탑승 표지판, 터미널 표지판 등이다. 사람들은 즐거움을 위해, 또 사업을 위해 여행한다. 또한, 많은 사람들이 상실과 절망에 의해 여행을 한다. 일단 도착하고 나면 사람들은 표지판에 적혀 있던 그 장소가 아님을 문득 깨닫게 된다. 그들이 선택한 고유한 비중을 지닌 목적지가 아니라, 단순히 숫자만으로 표시되는 위도와 경도에 위치하고 현지시간과 통화(通貨)만을 가지고 있는 장소에 와 있음을 발견하는 것이다.

그들이 오고자 선택했던 목적지가 아니다. 그 목적지와 얼마나 멀리 떨어진 곳에 왔는지는 잘 어림되지 않는다. 고작 도로 하나를 사이에 두고 있는 거리일 수도 있고, 세상 전체의 거리만큼일 수도 있다. 장소는 목적지를 목적지로 만들어 주던 속성을 이미 잃어버렸다. 경험의 영역을 상실하고 만 장소가 되어 버린 것이다.

때로 몇몇 적은 수의 사람들은 저들만의 여행을 떠나고, 마음으로 닿기 원하던 곳을 발견하기도 한다. 예상보다 훨씬 힘든 여행이긴 해도 그들은 그곳에서 가없는 평안을 느낀다. 대다수의 사람은 그러지 못한다. 그저, 예의 표지판을 보고 따라가기만 할 뿐이다. 달리 말해 그들은 진정한 떠남을 행하지 못한다. 용기를 내서 무릎을 일으켜 있던 자리를 벗어나지 못하고 그 자리에 영영 머물러 있다.

3.

달이 가고 해가 갈수록 제 고국을 떠나는 사람은 늘어만 간다. 아이들을 먹일 수가 없는, 가진 것이라곤 제 몸뚱이 하나 외엔 아무것도 없는 그곳을 그들은 떠나 간다. 과거에는 아이들을 먹일 수가 있었다. 이것이 신자본주의의 빈곤이다.

잔혹하고 긴 여정 끝에, 서슴없이 행하는 박대를 당한 후에, 믿을 것이라곤 오직 스스로의 끈질기고 강한 용기 외엔 없다는 것을 안 후에, 어느 낯선 외국의 통과역에 서 있는 자신을 발견하게 된다. 고국에서 가져온 것이라곤 몸뚱이 하나뿐, 손과 눈과 발과 어깨, 몸통과 걸치고 있는 옷가지, 지붕 대신 둘러쓰고 잠을 청하는 옷가지 하나뿐이라는 것을 알게 된다.

칼레 부근 상가트의 난민과 이민자를 위한 적십자 수용소(영국으로 가려는 중동 지역 난민을 수용했던 프랑스의 수용소—역자)를 찍은 아나벨 게레로(Anabell Guerrero)의 사진을 본다. 난민의 신체를 클로즈업해서 찍은 그 사진들에서, 사람의 손가락은 쟁기질된 땅뙈기의 흔적이고, 손바닥은 갈라진 강바닥의 기억이며, 눈은 함께하지 못하는 가족임을 확인한다.

아나벨 게레로, 상가트 수용소에서, 1997.

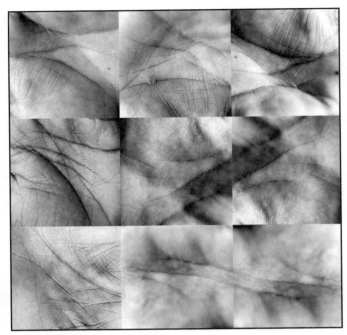

아나벨 게레로, 상가트 수용소에서, 1997.

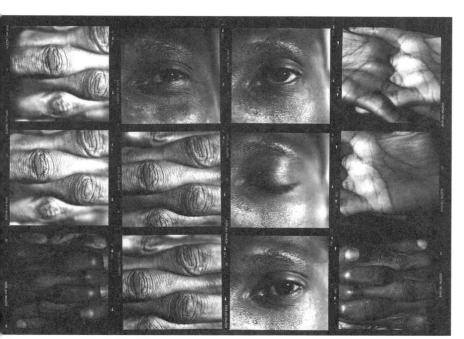

▶나벨 게레로, 〈눈과 손〉, 상가트 수용소에서, 1997.

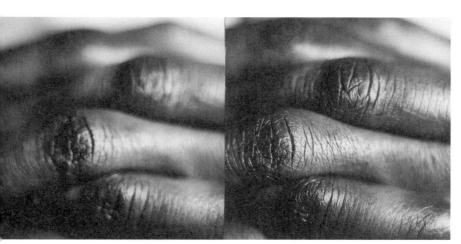

▶나벨 게레로, 상가트 수용소에서, 1997.

4.

"B호선 지하철을 타러 내려가고 있는 중이야. 사람이 많아, 여긴. 거긴 어디야? 정말? 거기 날씬 어때? 아, 지금 차 안으로 들어가고 있어. 나중에 다시 전화할게…."

세계의 여러 도시와 시골에서 매 시간 행해지는 수십억 통의 휴대전화를 통한 대화는 사적인 것이든 사업상의 통화든 전화를 거는 사람의 위치를 알리는 말에서 시작한다. 사람들은 자신의 위치를 지체 없이 확인하고 싶어한다. 마치 실종되었을 수도 있다는 의혹에 추적이라도 당하고 있는 듯한 태도다. 너무도 많은 추상에 둘러싸여 있어서, 그때그때 스스로의 위치를 확인하는 이정표를 만들고 또 그것을 공유하지 않으면 안 되는 것이다.

기 드보르(Guy Debord)는 삼십 년도 더 전에 다음과 같이 예언적인 말을 했다. "…시장이라는 추상 공간을 위해 대량 생산된 상품의 축적은, 모든 지역적 법적 장애 요소를 깡그리 부수고 장인적 품질을 유지하던 중세의 모든 사업적 절제마저 산산조각냈던 것처럼, 장소의 자율성과 품격 역시 파괴해 버리고 말았다."

오늘 지구가 겪고 있는 대혼란의 주제어가 있다면 비지역화(de-localization) 혹은 재지역화(re-localization)일 것이다. 이는 가장 값싼 노동력과 가장 적은 규제가 있는 곳으로 공장을 옮기는 행위만을 말하는 것이 아니다. 줄기차게 힘을 얻고 있는 새 권력의 해외를 향한 허황된 꿈도 말하고 있다. 기존의 모든 장소들이 지니고 있던 사회적 상황과 조건과 신뢰를 약화시켜, 전 세계를 단일하고 유동적인 하나의 시장으로 만들려는 꿈이다.

본질적으로, 소비자란 소비하지 않으면 상실감을 느끼는 사람, 또는 그렇게 느끼도록 만들어지는 사람을 말한다. 브랜드 이름이나 상표는 무적(無籍)의 자리를 일컫는 이름이 되어 버렸다.

과거에는, 침입자에 대항하여 자기 땅을 지키려는 사람들이 주로 쓰는 책략으로 도로 표지판을 반대 방향으로 바꿔 놓는 방법이 있었다. 스페인에서라면, '사라고사'를 가리키는 표지판을 그 반대쪽인 '부르고스'로 향하게 하는 것 등이었다. 오늘날은 그 지역 사람들을 혼란시킬 목적으로 외부의 침입자가 표지판을 바꿔 놓는다. 누가 누구를 지배하는지, 행복이란 무엇을 말하는지, 슬픔은 어디로 향하는지, 영원이 있는 곳은 어딘지를 혼돈케 하는 것이다. 이 모든 그릇된 방향 지시는 단 하나의 목적을 가지고 있다. 상품의 고객이 되는 것만이 궁극의 구원임을 사람들에게 설복시키려는 것이다.

그러나 고객이란 이름은, 계산하고 값을 치르는 그 자리에서만 의미가 있지 삶과 죽음의 자리에서는 아무 의미가 없다.

5.

한때 시골이었던 광범위한 땅들이 바야흐로 무슨무슨 지대(地帶)라는 이름으로 바뀌어 가고 있다. 아프리카와 중앙아메리카, 아시아 등 각각의 대륙에 따라 그 변환의 구체적인 과정은 서로 다르다. 그러나 그 땅들에 대한 최초의 해체 행위는 언제나 엉뚱한 다른 곳, 끝없이 축적하려는 탐욕을 추구하는 기업들에 의해 시작되었다. 그 탐욕이란 그 땅과 그 물이 누구에게 속해 있든 상관없이 천연자원(빅토리아 호수의 물고기, 아마존의 목재, 석유가 발견되는 여하한 땅, 가봉의 우라늄 등)을 움켜쥐려는 것을 말한다. 곧바로 잘못된 개발과 착취가 이루어지고, 그 빨아내야 할 것들을 보호하기 위해 공항과 군사기지와 준 군사기지가 필요해지며, 그 지역 마피아와의 협력 또한 긴요해진다. 부족간의 전쟁과 기근, 집단학살 등이 자행된다.

그리하여 그러한 지대에 사는 사람들은 주거의 감각을 상실해 버린다. 아이들은 고아가 되고(실제로 부모가 있는 경우라도), 여자는 노예가 되며, 남자는 불한당이 된다. 일단 이런 일이 한번 일어나게 되면, 여러 세대의 세월이 흘러야 정상적인 가족 관계가 회복된다. 그런 세월 속에서는 한 해 한 해가, 시간에서도 또 장소에서도 이름을 갖지 못하는 무적(無籍)의 자리가 되어 버린다.

6.

이런 즈음에 —이 시점에서 종종 정치적 저항이 시작되기도 하는데— 놓치지 말고 꼭 기억해야 할 가장 중요한 것은, 그런 혼란에서 이익을 챙기는 세력이 지속적으로 사실을 잘못 알리고 사람들을 그릇된 길로 끌고 간다는 사실이다. 여기에는 매체에 뿌리박혀 있는 그 세력의 조력자들도 한몫한다. 그들의 부르짖음은 어디에서도 옹호자를 얻지 못할 것이다.

하지만 이와 동시에, 자신들의 무적지(Nowhere)를 보다 빨리 장악하기 위해 기업과 그 하수인들이 개발한 정보전달기술은, 반대편에서 투쟁하는 사람들에 의해 세계의 모든 땅(Everywhere)에 그들의 의사를 전달하는 방편으로 이용되기도 한다.

카리브의 작가 에두아르 글리상(Edouard Glissant)은 이를 아주 적절히 지적하고 있다. "…세계화에 저항하는 길은 세계성을 부정하는 데 있지 않다. 오히려 가능한 모든 개별성의 총합은 어떤 모양일지를 생각해 보고, 세계화 과정에서 단 하나의 개별성이라도 망실될 시에는 그 세계성이 우리를 위한 것이 되지 않을 수 있음을 잘 알고 있어야 한다."

우리는 우리 스스로의 이정표를 확립해 가고 있는 중이며, 땅들에 이름을 붙이고 있는 중이며, 시를 발견해 가고 있는 중이다. 그렇다. 그러는 가운데 시가 발견되는 것이다.

개리스 에번스(Gareth Evans)를 보자.

오후의 벽돌이 여행의 장밋빛 열기를 품을 때

장미는 숨 쉴 푸른 공간을 싹 틔우고
바람처럼 꽃 피울 때

듬성한 자작나무들이 트럭 안의 급한 마음들에게
바람의 은빛 얘기를 속삭일 때

울타리 나뭇잎들이 한순간 잃어버렸다고 생각하던
빛을 간직할 때

그녀의 손목 맥박이 공중을 맴도는 굴뚝새의 가슴처럼 고동칠 때

대지의 합창단이 하늘에서 자신들의 눈을 발견하고
밀밀한 어둠 속에 서로의 눈을 뜨게 할 때

모든 것을 소중히 하라

7.

그들의 무적지는 시간에 대한 이상한 인식, 전례가 없는 인식을 하나 만들어냈다. 디지털 시간이 그것이다. 이 시간은 낮과 밤, 계절, 출생과 사망에 방해받지 않고 영원히 이어지는 시간이다. 마

치 돈처럼 냉담하다. 끊기지 않고 이어지기는 하지만 철저히 혼자
다. 이 시간 안에서는 오직 현재만이 무게를 떠받칠 뿐 과거나 미
래에는 전혀 무게가 실리지 않는다. 이제 시간은 더 이상 늘어서
서 이어진 기둥들로 존재하지 않고 1과 0의 외로운 단일 기둥으로
만 존재한다. 수직의 시간이 하나 서 있고, 그 둘레에는 부재 외에
는 아무것도 찾아볼 수가 없다.

에밀리 디킨슨(Emily E. Dickinson)의 시집 몇 장을 넘겨 보라.
그리고 폰 트리에(Las von Trier)의 영화 〈도그빌(Dogville)〉로 옮
겨 가 보라. 디킨슨의 시에는 매 시구마다 영원의 현존이 함께한
다. 이와는 대조적으로, 〈도그빌〉은 일상의 삶에서 영원의 흔적이
지워져 버렸을 때의 모습을 가차없이 보여준다. 모든 말과 모든
언어가 의미를 잃어버렸을 때의 모습이 그것이다.

홀로 외로이 존재하는 현재, 디지털의 시간 안에서는 행방이나
소재는 찾을 수 없고, 또한 확정할 수도 없다.

8.

이와는 다른 시간체계를 상정해 보자. 스피노자는 영원을 일러 **지
금**이라고 말했다. 그의 지금이란 우리를 기다리고 있는 어떤 것을
말하는 것이 아니다. 모든 것이 모든 것과 어울려 서로를 교환하
는, 그 찰나 같지만 시간을 넘어 지고한 순간에 우리가 만나게 되
는 것을 말한다.

레베카 솔닛(Rebecca Solnit)은 긴급한 내용을 담은 그녀의 책
『어둠 속의 희망(Hope In The Dark)』에서 산디니스타(Sandinista,
니카라과의 좌익 민족해방 단체—역자)의 시인 지오콘다 벨리
(Gioconda Belli)를 인용하고 있다. 니카라과에서 소모사의 독재를

타도했던 순간을 그려내고 있는 그 글은 다음과 같다. "마치 몇 세기에 걸친 마법의 시간 같았던 그 이틀은, 세상이 처음 만들어졌던 창세기의 시간으로 우리를 데려가 우리 위에 드리워졌었다." 미국과 그 용병에 의해 산디니스타는 이윽고 와해되지만, 과거와 현재와 미래에 늘 존재하는 저 순간은 전혀 그 의미가 바래지 않는다.

9.

내가 글을 쓰고 있는 곳에서 일 킬로미터쯤 아래 목초지에는 당나귀 네 마리가 풀을 뜯고 있다. 두 마리의 암탕나귀와 두 마리의 새끼 당나귀다. 같은 종들 중에서도 유난히 크기가 작다. 암탕나귀는 그 검은 테두리의 귀를 쫑긋 세워도 겨우 내 턱에 닿을 정도다. 태어난 지 몇 주 정도밖에 안 된 새끼 당나귀들은 큰 테리어 개 정도의 몸집이다. 머리 크기가 몸통과 비슷할 정도로 크다는 것이 개와 좀 다를 뿐이다.

나는 울타리를 타 넘어 그 풀밭으로 들어가 사과나무에 등을 기대고 앉았다. 당나귀들은 풀밭 위에 이리저리 저들만의 길을 만들고 있었고 나라면 허리를 아주 굽혀야만 지날 수 있을 낮은 가지들 아래로 지나다녔다. 녀석들이 나를 쳐다본다. 풀밭에는 두어 군데쯤, 풀이 하나도 없이 붉은 흙만 드러나 있는 곳이 있다. 그 중 한 곳은 하루에도 여러 번 녀석들이 몸을 뒤집고 등을 비비는 곳이다. 암탕나귀가 먼저 하면 새끼들이 따라 한다. 새끼들은 이미 어깨 사이에 검은 줄무늬가 생겨나 있다.

녀석들이 내게로 다가온다. 말 냄새가 아니라 당나귀 냄새, 밀기울의 냄새가 난다. 보다 작은 짐승의 냄새다. 암탕나귀가 앉아 있는 나의 머리에 아래턱을 갖다 댄다. 코와 입이 하얗다. 눈 주위

133

에 파리떼가 앉아 있다. 정작 성가신 것은 무언가 궁금한 듯 쳐다보는 녀석들의 눈길이 아니라 그 파리떼였다.

나무 그늘로 들어오자 파리들은 날아가 버렸고, 녀석들은 반시간 동안이나 꿈쩍없이 서 있는다. 한낮의 그늘 아래서 시간은 천천히 흘러갔다. 새끼 하나가 젖을 빨자(사람 젖과 가장 비슷하다), 어미의 귀가 이내 뒤로 눕더니 꼬리 쪽을 향한다.

햇빛 아래 녀석들 네 마리에 둘러싸인 채 나는 그놈들의 다리, 그 열여섯 개의 다리에 시선을 고정했다. 그것들은 날씬함, 곧음, 절제된 집중력, 신뢰 들을 보여주고 있었다. (말의 다리는 이들과는 달리 신경질적인 면이 있다.) 말은 감히 엄두도 못 낼 산맥을 넘나드는 다리다. 앞무릎과 뒷무릎, 정강이뼈와 발굽, 발굽 위로 자란 털, 그런 외양으로는 도무지 상상도 못 할 엄청난 짐을 실어 나르는 다리다. 바로 당나귀의 다리인 것이다!

머리를 숙이고 풀을 뜯으면서, 그러나 귀로는 어떤 소리도 놓치지 않으면서, 이리저리 움직여 다닌다. 나는 녀석들을 쳐다본다. 녀석들 역시 눈을 크게 뜨고 나를 본다. 한낮의 만남과 서로의 주고받음 속에는, 감사함이라고밖에 표현할 수 없는 하나의 바탕 켜가 자리하고 있었다. 2005년 유월, 풀밭에서 만난 당나귀 네 마리.

10.
그래, 나는 누가 뭐라 해도 여전히 마르크스주의자다.

욕망의 저편

(2002년 6월)

> 너의 팔에 안겨서는 섬이,
>> 네 눈에서는 나라가 보이네.
> 나를 묶는 그 팔, 거짓을 말하는 그 눈.
> 이젠 저편으로 뚫고 가야지.
> ―짐 모리슨(Jim Morrison)

욕망, 에로틱한 욕망. '에로틱'이란 형용사가 '섹슈얼'이란 형용사보다 더 낫다. 섹슈얼은 생물학적인 의미가 강하니까. 그 욕망이 상호적인(둘 사이의) 것일 경우 성욕에 대한 일반론은, 심지어 리비도에 대한 것이라 하더라도, 더 이상 유효하지 못하다. 두 사람이 개입되어 있는 욕망은 복제가 불가능한, 고유한 것이기 때문이다.

물론 욕망을 일으키는 최초 에너지는 종족 번식의 생물학적 욕구에서 시발한다. 또한 욕망은 마음속으로 그린 쾌락을 초대하고, 희망하기도 한다. 처음에는 성적 욕망으로 시작되었다가 순식간에 소유의 욕망으로 전환되기도 한다. 욕망의 사회적 의미는 실상 소유에 다름 아니다. 견제 없이 풀린 욕망이 실제의 생존 공간에서 늘 갈등과 비극을 동반하는 것은 바로 이 때문이다.

성적 욕망의 잠재적 위력은 모든 문화권에서 아주 잘 알려져 있다. 누군가의 욕망의 대상이 된다는 건 다른 누군가로부터 침범당할 수 없음을 의미하고, 한 대상에게 여러 사람의 욕망이 향하면 모든 것이 위험에 빠질 수도 있다.

성적 욕망은 아주 어려서 시작되어 늙을 때까지 간다. 다섯 살부터 여든 살까지 그 어떤 나이에도 일어난다. 어떤 것을 더 좋아하는가는, 다시 말해 욕망의 우선순위는 나이에 따라 달라질 수 있다. 하지만 이런 우선순위가 표준화하거나 단일화한 적은 한번도 없다. 모든 욕망은 다수의 요청과 제안들로 이루어져 있어서, 에로틱한 경험의 다양함만큼이나 욕망 역시 다양하다.

그럼에도 불구하고 욕망에는 공통된 성분들이 있다. 또한 내가 여기서 말하는 욕망의 저편은, 비록 그 중요성과 인식 가능성에서는 서로 다를지라도, 모든 욕망에 두루 존재한다고 나는 믿고 있다. 오늘날의 소비사회에서 이 성분은 록 음악에서를 제외하고는 공개적으로 받아들여지지 않는다. 록 음악에서는 종종 중심적인 위치를 차지한다.

> 고통은 영원히 함께하리
> 마치 강처럼 삶을 따라 흐르리
> 보리수 그늘 아래
> 나는 그녀 손 위에 내 손을 얹었네.
> —닉 케이브(Nick Cave)

두 사람이 개입된 상호적인 욕망은, 세상을 결정짓는 여타의 모든 계획들에 직면하여 그것들에 대항하는, 두 사람만에 의해 도모되는 계획이다. 두 사람에 의한 음모인 것이다.

이 음모는 세상으로부터의 고통을 상대에게 면제해 준다. 행복을 준다는 말이 아니다! 고통에 대해 섬약한 몸을 육체적으로 면제시킨다.

모든 욕망에는 욕구와 연민이 함께한다. 어느 게 많든 적든 간에 같은 실에 함께 꿰어 있다. 상처 없는 욕망은 생각할 수 없다.

이승에서 상처 없이 사는 사람이 있을까. 만일 있다면, 그는 욕망 또한 없이 사는 사람일 것이다.

두 사람은 음모를 통해 하나의 일탈의 장소, 면제의 지점을 만들어낸다. 잠시 동안만 주어지는 것이 분명한 이 면제는 육체에 상속된 지독한 고통으로부터의 일탈과 면제를 말한다.

인간의 육체는 우아함과 능력, 즐거움과 품위를 함께 지니고 있으며, 그 외에도 헤아릴 수 없이 많은 역량을 가지고 있다. 하지만 인간의 육체는 동물과는 달리 생래적으로 비극적이다. (사람 외에 털이나 깃으로 덮여 있지 않은 동물은 없다.) 욕망은 그 뗄 수 없는 생래적인 비극으로부터 대상이 되는 육체를 보호하기를 갈망한다. 요컨대 그렇게 할 수 있다고 믿는 것이다. 이것이 욕망의 믿음이다.

따라서 욕망에는, 자신은 버리고 상대만을 위한다는 이타주의라는 것이 없다. 어떤 보호막을 제공하고 면제를 부여하는 행위는 육체적이든 정신적이든 두 존재를 통째로 바침으로써 이루어진다. 시작에서부터 두 몸이 개입되어 있고, 일단 이루어진 면제는 둘 모두를 포함한다.

일탈이란 짧을 수밖에 없지만 모든 것을 약속한다. 일탈은 짧음을 무용하게 만들고, 그것 때문에 생길 수 있는 상처들마저도 폐기해 버린다.

제삼자가 보면 욕망은 괄호 속의 짧은 소풍일 뿐이다. 하지만 정작 그 괄호 속의 당사자들에게 욕망은 하나의 초월이다. 일상의 삶은 그런 차이와 무관하게, 그 전과 후로 끊이지 않고 지속된다.

욕망은 일탈을 약속한다. 하지만 기존의 통상적 질서로부터의 일탈이란 사라져 없어져 버림과 다르지 않다. 그리하여 욕망은 정확히 이런 제안을 한다. 함께 없어져 버리자고.

> 밀물이 밀려오고
> 사람들이 저마다의 얘기를 다시 시작하면
> 나는 내 어둠의 빈 곳에
> 당신의 시신을 놓으리.
> 바람이 그 몸을 옮겨 가고
> 모든 것이 사라져 가
> 바람이 우리를 데려가리.
> ─느와르 데지르(Noir Désir)

연인들의 사라짐을 도피나 회피로 보아서는 안 된다. 오히려 어딘가 다른 곳으로 옮겨 가는 것으로 이해되어야 한다. 그것은 어떤 충만함으로 들어감이다. 일반적으로 충만은 축적에 의해 이루어지는 것으로 이해된다. 하지만 욕망은 충만을 남에게 주어 버리는 행위로 본다. 침묵의 충만, 모든 것이 평화로운 어둠의 충만을 말한다. 왠진 모르지만 고대의 꿈, 그 황금 양모의 전설이 생각난다. (거기에서는 희생으로부터의 면제가 허락되어 있다.) 그 꿈에서는 결백과 지혜가 동시에 상징적으로 표상되고 있다. 미로와 같으며 완전하고 안전한, 또 누구에게서도 상처를 입지 않는 은신처에서, 꿈은 사지를 뻗고 편안히 누워 있다.

공유되고 경험된 일탈, 이제 더 이상 일탈할 수 없는 그 일탈은 잊힐 수 없는 것으로 남는다. 그리고 사라져 없어짐은 더욱 진실한 것으로, 그 자리를 지키며 드러나 있는 것보다 오히려 더욱 명료한 것으로 여겨진다.

긴 사이렌이 거리에 내린다. 내 팔에 안겨 있는 동안은, 그 무엇도 당신을 해치지 못한다.

두 여성 사진가 자세히 보기

(2005-2006년)

1.

아흘람 시블리(Ahlam Shibli)
(1970년 갈릴리의 아랍 알 시블리 마을에서 출생)

단순함과 단순화가 어떻게 구별되는지를 우선 생각해 본다. 단순함이란 필수적인 것으로 되돌아가는 것을 말한다. 그리고 후자의 단순화란 권력 투쟁에서의 여러 책략 중 하나를 말한다. 단순화는 스스로의 이익만을 위한다. 대부분의 정치 지도자들은 어떤 사안을 단순화시킨다. 하지만 권력 없는 일반 사람들은 일어난 일을 단순함으로 받아들인다. 그 둘 사이에는 종종 깊은 심연이 가로놓인다.

이제 권력에 의한 단순화의 행위 없이 아흘람 시블리의 사진을 함께 보기로 하자. 그녀의 사진은 정치적 교훈을 제공하는데, 그 분야의 극히 좋은 본보기가 되어 준다. 이는 글이 진행되면서 확인될 것이다. 그녀는 자신의 사진 작업에 '추적자'란 이름을 붙이고 있는데, 여기엔 약간의 설명이 필요하다.

현재 이스라엘이란 국가 안에는 하급시민으로 분류된 약 백만 명의 팔레스타인인이 공식 신분증을 지니고 살고 있다. 그들은 그 신분증에 이스라엘-아랍인으로 적혀 있다. (공개적으로 스스로를 팔레스타인인이라 말하면 구금될 위험에 처한다.) 이스라엘-아랍인이라는 분류에는 베두인족도 들어 있다.

이 부족 출신 남자들 중 소수가—일 년에 백 명이 채 못 된다—이스라엘군에 자원하여 훈련받은 뒤, 추적자로 알려져 있는 정찰병으로 쓰이고 있다. 온전히 '이스라엘-아랍인'들인 이 추적자는 위험한 야전 정찰 업무의 상당 부분을 수행한다. 지뢰 제거나 저격병 소탕, 매복 탐지 등을 위해, 저항이 예상될 때는 언제든지 선발대로 보내지는 병사가 바로 이들이다. 이 추적자들은 이삼십 명씩 단체로 훈련받지만 일단 훈련을 마치면 이스라엘군이 스스로를 부르는 이름인 이스라엘 방위군(IDF)의 개별 부대에 각각 한

아홀람 시블리, 추적자.

사람씩 배속된다.

삼 년의 복무 기간이 끝나면 전문 직업군인으로 지원할 수 있는데 직업군인은 보수가 아주 좋다. 이스라엘 방위군 사령부는 이런 지원자를 소수로 제한하고 있다. 전문 추적자는 그 지역의 관습과 계산방식 등에 익숙하기 때문에 이스라엘 병사보다 전문성에서 우위에 있다.

아흘람 시블리의 사진은 몇 마디로 쉽게 요약되지 않으며, 사려 깊으면서도 끈질기다. 구체적인 정황 정보가 거의 담겨 있지 않은 그녀의 사진은 결코 사건 사고에 대한 보고용으로 기능하지 않는다. 무언가 일이 있고 난 직후에 찍힌 사진임을 느끼게 한다. 이것은 그녀의 동작이 굼떠서가 아니다. **정서적 영향**이 그녀의 관심사이기 때문이다. 일이나 사건 자체는 (적어도 이 작업에서는) 별로 중요하지 않다. 삶에 끼친 그것들의 영향이 관심사다. 이리하여 그녀는 기꺼이 기다리는 것이다.

추적자들의 군사훈련, 어딘가로 계속 떠나 가는 추적자들, 병사들의 묘지, 코란을 앞에 놓고 이루어지는 이스라엘 방위군에 대한 충성 맹세, 가족사진이 걸려 있는 집 안 풍경, 추적자들이 이스라엘군으로부터 받는 봉급으로 천천히 지어지고 있는 새집들, 사진가는 이런 모습들을 바라본다. 각각 다른 위치에서 바라본 이 모습들은 다음과 같은 물음을 은밀하고 교묘하게 던지고 있다. 대체 이 사람들에게 조국은 무엇으로 이루어져 있는가. 좀더 에두른 물음은 이럴 것이다. 이 사람들은 어디에서, 또 무엇에서 소속감을 느끼고 있는가.

사진에 찍힌 사람들의 모습만 봐서는 도대체 촬영 직전에 무슨 일이 있었나를 알 수가 없다. 우리가 할 수 있는 일이라고는 사진에 찍힌 사람들을 바라보는 것, 스스로 추측하는 것, 그리고 시블리처럼 기다리는 것밖에 없다. 작업(여든다섯 점의 사진)에 포함된 저마다의 사진들이 전체 작업 효과의 극대화에 기여하고 있다. 하나의 전체를 만들기 위해 서로 어울린다. 그렇다면 그 전체 작업은 요컨대 무엇을 의미할까.

베두인족에게 조국이라는 이슈와 조국을 구성하는 요소가 무엇인가 하는 이슈는 밧줄처럼 꼬여 있다. 전통적으로 그들은 유목민족이다. 한두 세대 전부터, 특히 시나이 반도의 베두인족이 정착생활을 시작했다. 정착한 곳이 자신들의 땅이 아니었음은 물론이고, 그곳에서 그들은 최소한의 권리만을 보장받았다. 예전 생활에 대한 기억이 어느 정도 남아 있어서 혼란스런 상황이었다. 유목민에게 집은 주소지에 있지 않다. 그들은 집을 몸에 지니고 다니는

아홀람 시블리, 추적자.

아흘람 시블리, 추적자.

사람들이다.

그렇다면 이 추적자들이 지니고 다니는 것은 무엇인가.

아흘람 시블리는 영혼을 찾는다. 하지만 감동적인 장면은 의도
적으로 피해 가며, 신앙고백 같은 것은 더더욱 찾지 않는다. 그녀
는 곁에 서서 끈기있게 바라본다. 혹자는 그녀를 일러 이야기꾼이
라 말할 수도 있겠지만, 그건 그녀가 선택한 역할을 단순화하는
일이 된다. (위대한 사진 이야기꾼들은 많다. 앙드레 케르테츠가
그 예다.) 나는 이렇게 말하고 싶다. 아흘람 시블리는 점술가라고.
면밀히 관찰하여 여러 기미들을 읽어낸 후 스스로 추론한 예언을
제공한다. 마치 예언자의 그것과 같이, 예리하면서도 동시에 모호
하다. 카드 패의 여러 가능성을 제시하지만 하나의 카드를 뽑아
들지는 않는다.

석 점의 사진을 본다. 그 첫 사진은 어딘가에 도착해 쉬고 있는 세 사람의 추적자를 보여주는데, 그 중 한 사람은 벽에 무언가를 쓰고 있다. 두번째 사진에는 얼굴을 덮어 가린 채 낮잠을 자는 병사가 있다. 세번째는 어느 병사의 집 벽인데, 이스라엘 방위군 차림의 그 병사의 사진이 액자에 넣어져 걸려 있다. 그 곁에는 팔레스타인의 옛 지도가 붙어 있다.

각기 달리 표현되어 있지만, 사진들은 정체성에 대한 딜레마와 자신의 위치에 대한 딜레마를 보여주고 있다.

그들은 무엇을 지니고 다니는 것일까.

전통적으로 여러 세기에 걸쳐 베두인 유목부족은 게릴라전에 강했다. 하지만 그런 능력에도 불구하고, 힘에 부쳐 기선을 제압당하거나 포위당하면 언제든지 침략군 측에 부역(附逆)하곤 했다. 그 상대는 이집트이기도 했고 터키이기도 했으며 영국도 있었다. 하지만 그것은 부족이 강제 해산되는 것을 피하기 위한 행위였고, 독립적이고 도전받지 않는 견고한 스스로의 영역으로 남아 있기 위한 조처였을 뿐이었다. 살아남기 위해서는 어쩔 수 없었던 교활한 전략으로, 그 전략은 여러 번 성공을 거두었다.

오늘의 이스라엘 측 베두인족의 경우는 상황이 아주 다르다. 자신들의 땅에서 떠날 것을 종용받고 있으며, 스스로의 생존을 위한 경제적 수단을 박탈당하고 있다. 대대로 살아온 네게브 사막에서는 불법 통행인으로 취급되고, 그들이 키우는 작물은 이스라엘 방위군 헬리콥터가 살포한 제초제로 말라 죽고 있다.

이런 사실들이 무엇을 의미하는가를 정확히 알기 위해서는 팔레스타인이 처한 일상적 상황의 극단성에 마주하지 않으면 안 된

아흘람 시블리, 추적자.

다. 팔레스타인-이스라엘 분쟁은 거의 육십 년간 지속되어 왔다. 팔레스타인에 대한 군사적 점령 기간—역사상 가장 긴 시간인데—은 거의 사십 년이 되어 간다. 이 점령이 야기한 온갖 일들에 대해서는 언급할 필요를 느끼지 않는다. 이미 국제적으로 확인되고 정죄(定罪)된 것이기 때문이다.

이 끝없이 계속되는 분쟁—팔레스타인인들의 계속되는 저항에서 비롯된—에서 때로 잊히고 있는 것이 있다면, 둘 사이의 현격한 격차다. 화력이든 방위력이든 간에 둘 사이에 존재하는 현저한 불평등이다.

자원과 무력 면에서의 그런 격차는 20세기 중반의 식민지 해방 전쟁을 떠올리게 한다. 우리가 베두인족 추적자들의 딜레마를 이해하기를 원한다면, 식민지 해방 전쟁에 대한 창의적이고 강력한 예언가였던 프란츠 파농을 참조하는 것보다 더 좋은 방법은 없다. 『검은 피부 흰 가면(Black Skin, White Masks)』의 말미에 그는 이렇게 쓰고 있다. "이 연구의 결론으로 나는, 모든 의식은 열린 문을 가지고 있음을, 나와 더불어 온 세계가 인식해 주기를 원한다." 자신의 '추적자' 작업에 대해 쓰면서, 아흘람 시블리는 자주 파농을 인용하고 있다.

마르티니크에서 태어나 알제리에서 일한 정신과 의사였던 파농은 식민 지배, 침입자와 원주민 사이의 무력 격차, 무장한 자와 무장하지 않은 자 사이의 일체의 만남에서 발생하는 모욕과 경멸 등은 폭동으로 가시화되기도 하지만, 동시에 그것들은 살아가기 위해 어쩔 수 없이 해야 하는 복종 속에 존재하는 깊은 상처의 원인이 되기도 한다고 설명했다. 이런 일은 침략당해 짓밟힌 사람들 중에서도 가장 비천하고 가난한 사람들에게, 가장 흔하게 가장 치욕적으로 일어난다.

하나의 이미지를 떠올려 보는 것이 이해에 도움이 될 것이다. 우선 이것과는 반대편 증상인 과대망상증을 예로 들자. 이 경우, 사람들과의 모든 만남은 자기 자신이 우월하게 비치고 스스로를 화려하게 치장해 주는 어떤 거울을 들어 올리는 것과 같다. 이에 반해 자의식을 잃어버린 피식민자의 경우, 거울에는 더러운 젤라바(아랍 남자의 전통 겉옷—역자)밖에 비치지 않는다. 이 두 거울 모두 이면의 모습, 진실한 모습은 감춰져 있다. 그리하여, 스스로를 더러운 젤라바로부터 해리(解離)시키고자 하는 피식민자는 억압자의 옷을 입고 억압자의 깃발을 들고 다니는 꿈을 꾸게 된다. '적'이 아니라 '억압자'인 것이다.

베두인족은 팔레스타인인들 가운데 가장 천대받는 사람들이고,

다른 무엇보다 유목의 자유와 그것에 함께하던 긍지를 박탈당한 상태다. 따라서 파농이 예견한 대로, 자신을 둘로 나누고 스스로를 찢어서 억압자의 가면을 쓰는 일이 일어날 수 있다. 많은 사람들이 자신의 이름을 아메드에서 호세로, 모하메드에서 모셰로 바꿨다. 하지만 이런 과정을 거치더라도 추적자들은 자신들 원래의 몸, 때 묻은 젤라바라는 거짓 이미지에 의해 헐뜯겨 온 스스로의 신성한 몸을 재발견해내지는 못한다.

침대보를 얼굴에 뒤집어쓴 저 사람은 대체 무엇을 꿈꾸고 있는 것일까. 우리는 다른 사람이 무슨 꿈을 꾸는지 도무지 추측할 수 없다. **하지만 이 사람은 스스로의 꿈조차도 추측할 수 없을지 모른다.**

추적자가 갖고 다니는 것은 바로 이런 종류의 것이다.

아흘람 시블리의 작업은 이스라엘-팔레스타인 분쟁에 대해 직접적인 정치적 언급을 피하고 있으며, 또 의도적으로 구호를 배제하고 있다. 하지만 오늘의 세계적 상황과 맥락에서 이 작업은 정치적으로 중요하다. 혹은 내 식으로 표현하자면, 하나의 모범이 될 정도로 아주 훌륭하다. 이제 그 이유를 말하려 한다.

아흘람 시블리는 그녀 자신이 베두인족 출신이다. 소녀 시절에는 갈릴리에서 염소를 몰곤 했다. 훗날 대학을 졸업한 뒤 세계적으로 저명한 사진가가 되었다.

오래 전, 그녀는 지금 이 작업에서 보이는 바와 같은 추적자들에 대해 구체적이고도 실제적인 반대의 입장에 섰었다. 팔레스타인의 대의가 지닌 정의를 믿었고, 애국자로서 또 사진가로서 이스라엘의 불법적인 점령에 항거했다. 대다수의 팔레스타인인들과 마찬가지로 그녀에게 추적자들은 배신자로 생각될 수 있었다. 팔레스타인 사람들을 억압하는 군대에 들어가, 그 군대에 눈에 띄게 저항하는 사람들을 추적하여 죽이고 체포하는 자들이기 때문이다. 배신자…. 어느 면에서 그들은 마땅히 그 이름으로 불려야 하리라.

그럼에도 불구하고 아흘람 시블리는 단순화한 꼬리표 너머에 있는 것을 찾아 그 이면으로 가야 할 필요성을 느낀다. 그녀 자신이 베두인족이기 때문이었을까. 그럴 수도 있겠지만 이는 질문 자체가 좀 어리석다. 중요한 것은 결과물이다. 스스로가 베두인족이었기에 그녀는 꼬리표 아래 숨어 있는 것을 들춰 볼 수 있었고, 그녀가 꼭 발견해야만 하는 것들을 발견해냈다. 이 사진들을 통해 그녀는 이렇게 묻는다. 추적자가 되기로 한 그 결심 때문에 그들이 치러야 할 값은 과연 얼마일까. 그러면서 그녀는 자신의 암실에서 모습을 드러낼 그 불가사의한 해답을 기다렸다. 그리고 그 해답을 공개한 것이다.

이 작업들이 어째서 정치적이냐고? 20세기 중반에 발터 베냐민(Walter Benjamin)은 다음과 같이 썼다. "우리는 예외가 아니라 하나의 철칙이 된 위험상황을 살아가고 있다. 우리는 이런 인식에 부합하는 역사관에 반드시 도달해야 한다."

그런 역사관을 통해 우리는, 단순화와 꼬리표는 그것이 어떤 것이든 간에 권력을 쥐고 휘두르는 자들의 이익에만 봉사할 뿐임을 반드시 알아야 한다. 그들의 권력이 커지면 커질수록 단순화의 필요성 역시 커져 간다. 반면에 이런 맹목적인 권력 아래에서 고통받고 또 그 권력에 대항해 투쟁하는 사람들의 이익은 다양성과 차별성, 복합성을 인정하고 받아들임으로써 지켜질 수 있다. 오늘은 물론 머나먼 미래를 위해서도 그렇다.

이 사진 작업은 그런 인정과 수용에 기여하고 있다.

프란츠 파농을 한 번 더 인용하고 끝내려 한다. "아니다, 우리는 누구에 대한 처벌도 원치 않는다. 우리는 인간이라는 이름으로 모든 인간과 함께 낮이든 밤이든 그 어느 때든 앞으로 나아가기를 원한다. 행렬은 일렬로 길게 늘어서서는 안 된다. 그럴 경우 앞서 가는 사람들을 뒤에서 볼 수가 없기 때문이다. 서로를 받아들이지 않으면, 사람들은 점점 더 만나지 않게 되고 또 점점 더 얘기를 나누지 않게 된다…."

2.

이트카 한즐로바(Jitka Hanzlová)

(1958년 체코슬로바키아 카르파티아 산악 지역 출생)

"내가 가는 길은 미래로의 귀환 길이다."

　—이트카 한즐로바

사진 속의 숲은 그녀가 어린 시절을 보냈던 체코의 한 작은 마을 곁에 있다. 카르파티아 산맥 줄기에 속한다. 여느 숲과 다를 것이 없는 숲 사진일 수 있다. 하지만 이트카에게는 그렇지 않다. 여러 해에 걸쳐 자신의 그 숲을 찾았다. 혼자서 숲으로 들었고, 혼자가 아니면 사진을 찍지 않았다.

자연을 찍은 많은 사진들이 마치 패션 사진처럼 보인다. 폄훼하려는 것이 아니다. 자연 사진은 자연을 기록하는 한편으로 쾌락 역시 수용한다는 말이다. 산정과 폭포, 초원과 호수, 가을의 너도밤나무, 이런 것들은 스스로를 치장한 채 카메라 앞에 서서 감상

이트카 한즐로바, 숲.

적인 정경을 제공하도록 요구받는다. 그래서 안 될 것도 없다. 그런 자연은 마침내 휴가를 내서 공항에 도착했을 때의 즐거움을 다시 기억나게 한다. 호스티스로서의 자연이다.

이트카의 사진에는 어서 오라는 말이 없다. 안으로부터 찍은 사진이기 때문이다. 숲 속 깊은 곳에서, 마치 장갑 안의 손이 장갑의 안감을 느끼듯 그렇게 찍은 사진이다.

그녀는 숲 사이(between-forest)에 관해 말한다. 그녀가 살았던 마을과 비슷한 산골짜기에는 두 숲이 서로 만나는 경우가 많기 때문이다. 하지만 **사이에**(between)라는 전치사는 숲 일반에 속한다. 사이라는 말은 숲의 함의를 이른다. 나무들 사이에, 낮게 자란 온갖 잡풀과 관목과 그것들이 전혀 없는 빈 땅 사이에, 거기 있는 모든 것들의 일생의 변천사와 태양에너지에서 하루살이에 이르는 그것들 저마다의 각기 다른 시간단위들 사이에, 숲은 존재한다. 숲은 나무 뒤에 혹은 덤불 속에 자리하는 이름 붙일 수 없는 그 어떤 것과, 그곳에 들어가는 사람 사이의 만남의 장이기도 하다. 그 어떤 것이란 손 닿을 거리에 있지만 가늠하기는 힘든 무언가다. 적막함도 아니고 소리가 들리는 것도 아니다. 숲을 찾은 여느 사람도 숲 속의 그것을 느낄 수 있다. 하지만 드러나지 않은 신호들을 읽을 줄 아는 사냥꾼이나 삼림 관리자 등은 더욱 날카롭게 알아차린다.

"언젠가 숲이 깨어나는 이른 아침에 언덕을 찾았다. 나는 거기서 바람과 새들의 고요한 지저귐과 내 사랑하는 적요를 들이마셨다. 그런 후 한 장의 사진을 위해 집중하면서, 나를 둘러싼 고요를 들으며 가만히 멈추었다. 마치 영화 속의 한 장면에 있는 것처럼 느껴졌다. 숲이 서서히 움직이기 시작했고, 카메라를 통해 들여다보던 내게는 공포가 엄습해 왔다. 어둔 저녁을 잘라 만든 한 장면, 혹은 그 저녁의 정적(靜寂)인 것처럼도 느껴졌다. 새들과 귀뚜라미들이 노래를 멈추고, 계곡에서는 바람도 멈춘 것 같았다. 아무것도, 그 어떤 소리도 들리지 않았다. 새도, 바람도, 사람도, 귀뚜라미도, 모두 사라지고 없었다. 이 또 다른 적요와 빛의 스러짐에 내 머리칼은 곤두섰다…. 그 공포를 정확히 헤아리기는 힘들었지만 내부에서 스며 나오는 공포였다. 강한 느낌으로 다가온 것은 그때가 처음이었지만 이후로도 여러 번 반복되었다. 나는 도망쳤다. 이런 공포는 대체 어디에 기인하는 걸까? 그리고 왜일까? 나는 숲 자체나 숲의 동물은 무섭지 않았다. 숲은 안전한 곳이다.”

역사나 선사시대를 통틀어 숲은 인간에게 깃들여야 할 곳, 숨을 곳을 제공해 왔다. 그런 한편 숲은 사람으로 하여금 길을 잃어 실종되게도 한다. 숲은 제 속에 얼마나 많은 것들이 숨겨져 있는지 한번 알아보라고 우리를 종용한다.

사진은 시간의 흐름을 끊어 정지시키는 것이라고 사람들은 말한다. 하지만 그렇게 하는 방식은 천차만별이다. 앙리 카르티에-브레송(Henri Cartier-Bresson)의 ‘결정적 순간’은 외젠 앗제(Eugèn Atget)의 적요에까지 내려가는 느림과 토마스 스트루스(Thomas Struth)의 이벤트성 시간 끊기와는 서로 다르다. 이트카의 숲 사진이 지닌 낯섦은 —그녀의 다른 주제의 사진들과는 달리— 아무것도 정지시키지 않은 듯이 보인다는 데 있다!
중력이 없는 공간에서는 무게가 없다. 이 사진들은, 이를테면

이트카 한즐로바, 숲.

시간에 관한 한 무게가 없다. 시간들 사이(between times)를, 아무 것도 존재하지 않는 그 시간의 틈을 찍은 것이다.

손 닿을 거리에 있으면서도 가늠하기 힘든 그 어떤 것이 숲에 있다면, 그것은 아마도 영원의 현존이라 말할 수도 있을 것이다. 형이상학적 사려 속의 추상적 영원이 아니고, 계절에 따라 순환하고 반복한다는 은유적 영원도 아니다. 숲은 시간 속에서 존재하고, 맹세코 역사에 속한다. 또한 오늘날의 많은 숲들은 급속한 이윤 추구를 위해 깡그리 파괴되는 재앙을 겪고 있다.

하지만 숲에는, 그 숲의 헤아릴 수 없이 많은 시간단위들 어디에도 속하지 않고 다만 그 단위들의 틈새에만 존재하는 희귀한 '사건'들이 있다. 그 사건들이 뭐냐고? 이트카의 사진 여기저기에 그것들이 보인다. 우리가 알아차릴 수 있는 모든 것의 목록을 만든 뒤에도, 그것들은 사진 속에서 이름 붙일 수 없는 무언가로 남아 있다.

고대 그리스인은 이런 종류의 일어남, 사건들을 일러 드리아드(dryads)라 불렀다. 베르가모 출신의 내 산판(山坂) 친구들은 숲을 하나의 독립된 왕국으로, 그 스스로의 '나라'로 부른다. 윌프레도 람(Wilfredo Lam)은 상상 속의 정글 그림에서 그런 일에 맞는 장면을 그려내고 있다. 좀더 분명히 말하자. 지금 우리는 환상을 얘기하고 있지 않다. 이트카가 말하고 있는 것은 숲의 고요다. 그런 고요의 정반대에 위치하는 것은 음악이다. 음악의 경우, 모든 사건들이 그 음악의 단일하고 끊김 없는 시간단위 내부에 위치한다. 숲의 고요의 경우, 어떤 사건들은 시간이라는 개념에는 적합하지 않고 시간 안에 위치하지 않는다. 이런 식으로 하여, 관객의 상상력을 힘겹게 하고 또 동시에 유혹한다. 마치 다른 생물이 느끼는 시간 경험처럼 느껴지기 때문이다. 그 사건들이 일어나고 있고 그것들이 현존함을 느끼지만, 그것들에 대면할 수는 없다. 과거와 현재와 미래 사이에, 그 사이 어딘가에 자리하기 때문이다.

철학자 하이데거에게 숲은 모든 존재를 풀어내는 하나의 은유였고, 철학자의 임무는 그 숲으로 난 나무꾼의 작은 **길**(weg)을 발견하는 것이었다. 그는 '멀리 있는 가까움으로 들어가기'에 대해 말한 적이 있다. 나는 하이데거의 이 말이, 내가 정의하고자 하는 현상에 대한 그 나름의 접근법이라고 믿는다. 이트카의 방식이 또 다른 것처럼. "내가 가는 길은 미래로의 귀환 길이다." 두 사람 모두 모래시계를 엎는다.

여기서 지금 제시되고 있는 것을 잘 이해하기 위해서는, 18세기 유럽에서 시작된 시간 개념에서 놓여나는 것이 필수적이다. 그것은 근대 자본주의의 직선적 시간 계산법과 실증주의에 밀접히 연관되어 있는 것으로, 한 방향으로의 규칙적이고 추상적이며 비가역적인 단일 시간이 모든 것을 실어 가고 있다는 시간관이다. 유럽 외의 다른 모든 문화권에서는, 영원에 의해 둘러싸인 여러 다양한 시간들의 공존을 말하고 있다.

역사에 속한 숲으로 돌아가 보자. 이트카의 숲에는 기다림이 있다. 하지만 뭐가 기다린다는 말인가. 그리고 이 기다림이란 말은 적확한 말인가. 인내는 어떤가. 무엇에 의한 인내라는 말인가. 숲의 사건. 이름 붙일 수도 없고 기술할 수도 없는, 또 어디에 위치시킬 수도 없는 그런 사건. 그러면서 거기에 존재하는.

이트카 한즐로바, 숲.

숲 속에서의 교차하는 길과 교차하는 힘—새와 곤충과 포유류와 포자와 씨앗과 파충류와 양치류와 이끼와 벌레와 나무 등등의—의 복잡다단함이란 아주 독특하다. 아마 바다 밑바닥에서도 이런 복잡함이 있을 수 있겠지만 인간은 최근에야 그곳에 들어갔다. 반면 숲은 인간이 모든 감각과 더불어 그곳으로부터 나온 곳이다. 적어도 두 종류의 시간단위를 산다는 점에서 인간은 유일한 생물이다. 몸과 관련된 생물학적 시간과 의식의 시간이 그것이다. (인간에게 제육의 감각을 갖도록 허락한 것이 아마 이 의식의 시간계일 것이다.) 숲에서 교차하는 모든 힘의 작동에는 그것들만의 시간단위가 있다. 개미에서부터 떡갈나무에 이르기까지, 광합성에서부터 발효의 과정에 이르기까지 모두가 그렇다. 시간과 힘과 상호교환의 이 복잡한 집적 안에 '사건들', 다루기 쉽지 않은 사건들이 생겨나고, 그 사건들은 기존의 그 어떤 시간단위에도 맞출 수 없기 때문에 그 틈, 그 사이(between)를 기다리게(일시적으로나마?) 된다. 이트카는 이것을 찍어낸 것이다.

이트카 한즐로바의 숲 사진을 오래 보면 볼수록, 근대적 시간이라는 그 감옥에서 놓여날 수 있다는 가능성이 더욱 또렷해지는 것을 느낄 수 있다. 드리아드는 제 곁으로 오라고 손짓한다. 우리는 홀연히 그 틈, 그 사이에 닿을 수도 있을 것이다. 하지만 홀로여야 한다.

주(註)

나는 내 사랑을 나직이 말할 테요

1. Nazim Hikmet, *The Moscow Symphony*. Trans., Taner Baybars. London: Rapp and Whiting Ltd., 1970.
2. Ibid.
3. Hikmet, "Prague Dawn," *Selected Poems of Nazim Hikmet*, Trans., Randy Blasing and Muten Konuk. New York: Persea Books, 1994.
4. Hikmet, "You," Trans., Blasing and Konuk. Ibid.
5. Trans., John Berger.
6. Hikmet, "Letter from Poland," Trans., John Berger.
7. Hikmet, "9-10pm. Poems," Trans., Blasing and Konuk. Op. cit.
8. Hikmet, "On a painting by Abidine, entitled The Long March," Trans., John Berger.
9. Hikmet, "Under The Rain," Trans., Özen Ozüner and John Berger.

머릿속으로 부르는 합창, 혹은 피에르 파올로 파솔리니

1. *La Rabbia*. Produced by Gastone Ferrati (OPUS Film), Galata presentation. 1963.

냉혹함의 거장

1. "Words," Published in *SAND And Other Poems*, 1986.

장벽 앞에서의 인내에 관한 열 가지 보고서

1. Andrei Platonov, *Soul*. Trans., Robert and Elizabeth Chandler and Olga Meerson, London: Harvil, 2003.
2. Ibid.
3. Ibid.
4. *The Portable Platonov*. Trans., Robert and Elizabeth Chandler. Birmingham: Glas Publishers, 1999.
5. *Soul*. Op. cit.
6. *Soul*. Op. cit.
7. Platonov, *The Fierce and Beautiful World*. Trans., Joseph Barnes. New York: New York Review Books, 2000.
8. *The Fierce and Beautiful World*. Op. cit.
9. Ibid.

존 버거(John Berger, 1926-2017)는 미술비평가, 사진이론가, 소설가, 다큐멘터리 작가, 사회비평가로 널리 알려져 있다. 처음 미술평론으로 시작해 점차 관심과 활동 영역을 넓혀 예술과 인문, 사회 전반에 걸쳐 깊고 명쾌한 관점을 제시했다. 중년 이후 프랑스 동부의 알프스 산록에 위치한 시골 농촌 마을로 옮겨 가 살면서 생을 마감할 때까지 농사일과 글쓰기를 함께했다. 저서로『피카소의 성공과 실패』『예술과 혁명』 『다른 방식으로 보기』『본다는 것의 의미』『말하기의 다른 방법』『센스 오브 사이트』 『그리고 사진처럼 덧없는 우리들의 얼굴, 내 가슴』『존 버거의 글로 쓴 사진』『백내장』 『벤투의 스케치북』『아내의 빈 방』『사진의 이해』『스모크』『우리가 아는 모든 언어』 등이 있고, 소설로『우리 시대의 화가』『그들의 노동에』『여기, 우리가 만나는 곳』『G』 『A가 X에게』『킹』 등이 있다.

역자 김우룡(金佑龍)은 서울대 의대를 졸업하고 미국 뉴욕 국제사진센터(ICP)를 수료했다. 현재 사진가, 가정의학과 전문의, 칼럼니스트로 일하고 있다. 저서로『꿈꾸는 낙타』, 편역서로『사진과 텍스트』, 역서로『의미의 경쟁』『메리 엘렌 마크』『마누엘 알바레스 브라보』『그리고 사진처럼 덧없는 우리들의 얼굴, 내 가슴』 『존 버거의 글로 쓴 사진』『나는 다다다』 등이 있다.

모든것을 소중히하라
존 버거 / 김우룡 옮김

초판1쇄 발행 2008년 4월 10일
초판2쇄 발행 2018년 11월 10일
발행인 李起雄 발행처 悅話堂
경기도 파주시 광인사길 25 파주출판도시
전화 031-955-7000 팩스 031-955-7010
www.youlhwadang.co.kr yhdp@youlhwadang.co.kr
등록번호 제10-74호 등록일자 1971년 7월 2일
편집 조윤형 배성은 디자인 공미경 이민영
인쇄 및 제책 (주)상지사피앤비

Hold Everything Dear ⓒ 2007 by John Berger
Korean Translation Copyright ⓒ 2008 by Youlhwadang Publishers
Korean edition is published by arrangement with John Berger
through Duran Kim Agency, Seoul

ISBN 978-89-301-0333-6

이 도서의 국립중앙도서관 출판시도서목록(CIP)은 e-CIP 홈페이지
(http://www.nl.go.kr/cip.php)에서 이용하실 수 있습니다.(CIP제어번호: 2008000959)